いぬじゅん

北上症候群

実業之日本社

実業之日本社文庫

目次

第一章　北緯三十四度　終わりのはじまり　5
第二章　北緯三十五度　旅をする理由　51
第三章　北緯三十六度　夜に紛れて　109
第四章　北緯三十七度　緯度を越える　145
第五章　北緯三十八度　星空列車　183
第六章　北緯四十度　青い光の中で　211
第七章　北緯四十一度　きっと、白い朝　247
第八章　北緯四十三度　私が還る場所　273
エピローグ　293
解説　「IT'S ALL ABOUT LOVE」　中村航　298

第一章

北緯三十四度

終わりのはじまり

思いもよらない出来事が起きると、人はフリーズするものらしい。

頭の中が真っ白になり、息をするのも忘れてただ立ち尽くす。ようやく息をしているのに気づいてもなお、私ははあはあという自分の呼吸音を聴いていることしかできずにいた。

ショッピングモールへ続く商店街、店の横にある通路を抜けると従業員入口がある。時代に忘れられたように広がる薄暗くて埃っぽい空間には、ドアが一枚と、脇にはエアコンの室外機や積み重ねられた段ボール箱がある。

そのドアに貼られているA４のコピー用紙。パソコンで打たれた文字は小さく、そして短い。停止した思考を無理やり動かし、文章の意味を理解しようと再度読み返す。

『従業員各位

株式会社ＬＯＶＥ３は、諸般の事情により二月二十八日をもちまして廃業いたします。追って書類を送付しますので自宅にて待機するようお願いいたします。

代表取締役　木俣聖子』

大きな余白を残した用紙には、昨晩の雨が降り込んだらしく、模様のように雨粒のシミがついている。

朝、出社したら会社が潰れていたなんて、ドラマのなかだけの話かと思っていた。

「嘘、でしょう?」

……これは、夢なの? ドアの下についている数字のキーパッドに、開錠用の暗証番号を入力してみても、番号が変更されたらしく開かない。

冗談だとしてもエイプリル・フールには時期尚早だし、悪戯にしては悪質すぎるだろう。さっきまで真っ白だった頭の中がどんどん暗黒に侵されていく。

正面に戻ってみるが、シャッターが閉められているだけでなにも貼られていなかった。上部にある『アクセサリーLOVE3』の看板にも変化は見られない。

もう一度裏口へ回ろうと歩き出したところへ、

「琴葉」

と私を呼ぶ声がした。長い髪をかき上げながら、小笠原菜摘が眉をひそめて歩いてくるところだった。

「ちょうどよかった、あのね菜摘――」

「潰れたんだね」

赤い唇をゆがませた菜摘が、裏口へ歩き出す。

「うん、私も今見たところで……」

後を追いながら言うと、うしろ姿のまま菜摘はため息をついた。

「さっき主任から電話があった。やっぱ、噂は本当だったかー」

「噂って?」

裏通りに戻ってもまだ、他の従業員の姿は見えない。といっても、全従業員を合わせても十五名しかいない小さなオフィスだし、半数をアルバイトが占めている規模の会社だ。

ＬＯＶＥ３は品揃えは多くないものの専属デザイナーによるオリジナルのアクセサリーを展開している店。コアなファンはいるものの、市販のものより高価なため客数は多くはない。入社前、私の知らない芸能人が婚約指輪をオーダーし、少しだけ話題になったが、ブームという大波に乗るとまではいかなかったそうだ。

が、まさかそこまで経営状態が悪いとは思っていなかった。

「ちょっと前に『倒産するかも』、って噂を聞いたんだよね。取引先からの情報なんだけどさ。でも、まさかこんなに早いとはね」

まだ状況がうまく呑み込めない。

「倒産？　え、廃業ってそういうことなの？」

「まあ、同じようなものだよね」

「じゃあ、先週契約した椎名様の結婚指輪はどうするの？」

何度も来店し、悩みに悩んでダイヤモンドリングをオーダーしてくれたのに。たしか、結婚式に間に合わせるにはギリギリの日数しか残っていないはず。

「自分の会社がなくなるって時に心配することじゃないって。そのへんは社長がちゃんと次を紹介するから大丈夫」

「でも……」

菜摘がおかしそうに目を細める。彼女はいつだってしっかりメイクをしていて、長い髪だって先の先まで手入れしている。それと相反して、私は肩までの髪は中途半端で美容室もサボりがち。メイクだって気持ち程度しかしていない。

「そんなことより琴葉は、自分の身の振り方を考えなくちゃ」

「あ、うん」

「潰れる時期が最悪だよね。二月末じゃ、どこも新卒を採用してるだろうし」

そんなこと言われても急なことすぎて思考がついていかない。頭に浮かぶのは椎名さんが決意に満ちた表情で契約書に記入している姿。誰が、いつ彼に連絡してくれるのだろう……。

再び貼り紙に視線を向けると、当たり前だけどさっきと変わらない文章がそこに並んでいた。菜摘が腕を組み、にらむように文字を目で追う。

「自宅待機するしかない、ってことか。ああ、もっと有給休暇を使っておけばよかった」

悔しそうに口にする菜摘は、この数分で会社がなくなることを受け入れているみたい。私は逆に、どんどん気持ちが重くなっていく。

入社して二年じゃ退職金だって期待できないし、そもそも倒産するということは支払えるものがないってことだし……。

アスファルトの地面に視線を落とす私に、「まあ」と菜摘は続ける。

「失業手当をもらっている間に転職活動をするしかないか」

「失業手当？」

「廃業は会社都合になるから、すぐに失業給付金がもらえるはず。たぶん……基本給の六割くらいじゃない？　給料ほどは出ないけれど、もらえないよりはマシって感じ」

「そうなんだ……。困ったな」

今でさえ決して余裕のある生活じゃないのに、これからどうやって暮らしていけばいいのだろう。廃業がなにかの間違いだと信じたい気持ちがまだある。

「主任が言ってたんだけど、そのうち立会人のもと、私物の整理はできるみたいよ。でも、こんな紙切れ一枚で終わらせるなんて、やっぱあの社長嫌いだわ」

菜摘が貼り紙の最後に書かれた女社長の名前を指さした。菜摘はよく社長とやり合っていたっけ。私は入社以来あまり話をしていない。四十代の社長はほとんど店にいなかったし、たまに来ても指示は主任伝いに私へ届けられていたから。

そんなこともこの用紙を前にすると、すでに遠い過去に感じる。

「お茶でもしていく？」

そう尋ねた菜摘に、なんと言って断り帰途についたか覚えていない。

気がつくと駅に向かって歩き出していた。通勤する人波に逆らうように歩道の端を進んでいると、学校をサボったかのような罪悪感がジワジワと襲ってくる。同時に解放されたかのような自由も感じている。いろんな感情がごちゃ混ぜになっている気がした。

「吉田さん、おはようございます」

向こうで私を呼ぶ声が聞こえた。アルバイトの女子大学生だと分かったけれど、気がつかないフリで足を速めた。なんて説明していいのか分からないし、菜摘の話ではアルバイトのみんなには主任から説明するそうだから。

なんだか逃げているみたいでイヤだけれど、上の立場じゃなくてよかったとも思ってしまう。

さっきまでの驚きが形を変えていく。うんざり、に近いような気持ちが無意識に足を速めている。

駅の構内に紛れ込むと、ふと海斗のことが頭に浮かんだ。海斗は今日、有給休暇を取ると言っていた。理由は説明してくれたけれど覚えていない。すぐにでも電話をかけたくなったけれど、まずはアパートに戻ろう。

神戸に出てきて二年が過ぎた。この街に来た時は、夢を叶えようと希望にあふれていた。アクセサリー好きな私がこの会社に入ったのは、ベストチョイスだったと思う。ううん、思っていた。

よく『都会はゴミゴミしている』という声も聞くけれど、自分で選んで来たわけだし、神戸の街は気候もよくて不満はなかった。

地下鉄を乗り継いで、ようやく自宅の最寄り駅まで戻ってくると、そこからバスでアパートへ。

仕事の日の昼間に家に戻ることなんてなかったので不思議な気分。二月も終わりに近づき、この町も穏やかな陽気の日が続いている。アパートの階段手すりもほんのり温かい。部屋に着くとスーツ姿もそのままで海斗に電話をかけた。

海斗とは会社で出会った。はじめはとっつきにくい先輩だと思っていたけれど、同じ札幌（さっぽろ）市出身ということが分かってから付き合うようになるまで時間はかからなかった。

ぶっきらぼうの奥にあるやさしさが心地よかったし、一緒にいると楽しかった。なにより私自身が自然でいられたことが大きかった。

しかし、半年前に海斗は仕事を辞め、札幌に帰ると言った。親の手術がそもそもの原因だったけれど、彼の決意は固かった。

そこからは、俗に言う遠距離恋愛。『本当の愛なら離れてたって大丈夫』なんて言う人もいるが、神戸と札幌ではあまりに距離が離れている。たった半年の間に、何度不安になったか分からない。海斗の優しい言葉も、距離が邪魔して冷たく感じたり、モヤモヤしたまま電話を切ることもあった。

それでも、私は海斗が好きだったし、彼も同じだと思っている。ううん、そう思いたい。自分に言い聞かせているような思いの強さは、次の瞬間には不安という波にざぶんとさらわれる。そんな日々だった。

電話の呼び出し音が鳴る。待ち歌の登録もいつの間にか変わっている。ようやく呼び出し音が途切れた。

『呼び出しましたがお出になりません。しばらくたってからおかけなおしください』

スマホを耳から離し画面を眺めるが、留守電にもならないので通話を切った。

ごろんと絨毯に横になる。

「会社、潰れちゃったのか……」

海斗との出会いの場所。あの頃は職場に行けば海斗がいて、休みの日にも一緒にいることが当たり前だった。

もう海斗は札幌に帰ってしまったけれど、私はここにいていいのかな。

ぼんやりと見上げる天井。会社がなくなったという実感がない分、感傷的な気分はまだ見当たらない。

もし母親に言ったなら、『帰ってこい』と言うに決まってる。二十五歳にもなって仕事に燃える私を、専業主婦の彼女は良くは思ってないみたい。最近父親の具合もあまりよくないみたいだし……。

起きあがり、建付けの悪い窓を開けると冷たい風が部屋へ流れ込んできた。

この二年、札幌には帰っていない。帰りたい気持ちはあるが、まとまった休みがない仕事のせいでタイミングを逃してばかり。

海斗に会うためにたとえ数日でもと、この半年間で何度か帰ろうと試みたがふたりの休みがことごとく合わなかったのだ。

スマホが震えて鳴く。海斗からの着信だと、最初の一音ですぐに分かる。通話ボタンを押すのももどかしくスマホを耳に当てる。

『どうかした？』

開口一番そう言った海斗の声は、不機嫌そうに低い。

「ごめんね。今忙しい？」

外にいるのだろう、街の音がバックでざわめている。

『用事で外にいる』

「そっか。あの、ね……ちょっとだけ話せる？」

彼のうしろで、女性の笑い声が聞こえた。

一瞬通話口をふさがれたようなくぐもった音が聞こえたあと、

『今は無理。夜に電話する』

少し早口で海斗は答えた。

「今、どこにいるの？」

そう尋ねてしまってからすぐに私は後悔。

『なんで？』

やはり、海斗の声はさらに不機嫌になった。

「ううん。別に……」

『会社の人たちとこれからランチに行くところ。とにかく、また夜に』

電話はあっけなく切られた。消えた画面を見つめてから、スマホを机に置いた。

半年前、海斗が帰郷してから私たちの距離はどんどん離れている気がする。それは実際の距離も、心も。

ネガティブな考えを消すようにスーツを脱いだ。本当に忙しかったのだろう。夜になればいつものやさしい海斗に戻っているはず。いつだって、そうだ。電話できなくなっても時間が経てば前のように戻っている。

一緒にいた日々が、まだ愛はあるんだと勇気づけてくれる。

その後は、主任や同僚からの電話が相次いだ。

会社がなくなることは変えられない事実で、破産申立書も提出済みとのこと。自分だって三月からは無職になるというのに、主任は丁寧に事情を説明してくれた。

クライアントへの説明や納品していない商品の対応などを残りの数日でおこなうらしく、私が気にしていた椎名さんの商品は支払い済みのため、主任たちで完成させ納品してくれるそうだ。それを聞いた時、ホッとすると同時に、会社がなくなることをやっと実感できた。

私は三日後に出社し、私物整理とクライアントへの説明文のあて名書きをおこなうことになった。通常はデータ印刷なのに、最後くらいは手書きにしたいと主任は熱く語っていた。そこにどんな意味があるのか私には分からない。

電話を切ると急に部屋の中が寒くなったように感じた。あたたかいお茶を淹れ、ソファに座る。まだ頭の中がプールで泳いだあとみたいにぼんやりしている。

コロナ禍で廃業する企業も多いとニュースではよく聞いていた。そのたびに菜摘と冗談で『うちの会社もやばいよね』って話もした。

実際に自分がその立場になると、大変なのは役職者だけで、私のような一般社員にとっては、事務的に事が進んでいくのを眺めているだけだと知った。主任は隠しているつもりだろうけれど、言葉の端々に次の会社が決まっていることが示唆されていて、倒産の情報はとっくの昔に知っていたそぶりだった。置いてけぼりの疎外感と、みんな大変なんだと思う気持ちがせめぎ合い、どちらかが勝ったり負けたりのくり返し。


夜になり、ようやく海斗から電話が来た。

『昼間は悪い』

そう言う彼に、

「忙しい時に電話してごめんね」

ホッと胸をなでおろしながら、謝ってばかりだな、と思った。

『急にランチしようって話になってさ。休みなのに参ったよ』

「そうなんだ」

『職場の近くにできたカフェが話題になっててさ。大通りの端にコンビニあっただろ？　あそこが潰れてカフェになってさ』

海斗は、札幌市郊外にできたショッピングモールに入っている紳士服の店で働いている。私はまだ行ったことがないし、コンビニがあることも潰れたことも知らない。だけど、「そうなんだね」と合わせる。

『けっこううまかったけど、女性客ばっかだった』

その言葉に、昼間海斗のそばに女性がいたことを思い出した。ううん、ずっと思っていたけれど気にしないようにしてただけ。でも、職場の人たちと行ったらしいし……。示し合わせて数人で有給を取ったのだろうか？

途切れる会話に、海斗が『それで？』と尋ねた。

『なんの用だったの？』

そうだった。大事な話をしなくちゃいけないんだ。絨毯の上で正座をして、ひとつ息を吐く。

「あのね、会社が今月末で倒産することになったの」

『会社って、ＬＯＶＥ３のこと？　マジで？』

明るい口調で尋ねてくる海斗は冗談だと思ってるのかな。

「店は今日から閉まってた。二月末で廃業するみたいで、私もあと一回出勤したら終わりなんだって」

すう、と息を吸う音が聞こえたあと、

『へぇ』

と、海斗はつぶやいた。声色が面白がっている風に聞こえるのは私の気のせいだろう。

海斗は最後、社長と大喧嘩して仕事を辞めた。そして、三日後には『札幌に帰る』と私に告げたのだった。

「私、どうすればいいと思う？」

やっと自分の不安を言葉に出せた。これから先のことを、海斗に相談したかった。なのに海斗は急に黙り込んでしまう。沈黙は不安を助長する。

「海斗？」

『…まぁ、まだ若いし』

なんだかよく分からない答えを海斗は言った。

「でももう二十五歳だよ。転職するにしても、この時期じゃ新卒の採用も決まってるだろうし……」

『ああ、うちの会社でもそんなこと言ってた』

「北海道(ほっかいどう)に帰ろうかな」

海斗が北海道へ帰ってからの半年間、私たちの関係はどこかギクシャクしていた。連絡は電話からメッセージアプリがメインに変わったし、頻度も低くなっていた。

彼は不機嫌でいることが多くなり、私は同じ量の不安を抱えた。

だから、今回のことは北海道へ戻るきっかけになると思えた。実家に戻り、改めて就職先を探す。それなら今回の倒産は私にとってプラスに働くはず……。

しばらく受話器越しに海斗の息遣いだけが聞こえてきた。

「聞いてる？」

あまりに長い沈黙を先に破ったのは私。

『聞いてる。まあ……それもいいかもな』

歯切れの悪い言いかた。もう一年半も付き合ってるから、ちょっとした言葉で気づいてしまう自分が悲しい。

いつからだろう？　彼の言葉の中にある嘘を感じるようになったのは。嘘は形になることはなくても煙のように生まれては消える。その残像を見ないフリでやり過ごしてきた。

海斗は私に戻ってほしいと思っていない、そういうこと？

『それよりさ、今年も雪祭りきれいだったよ』

急カーブで話を逸らす海斗。違和感を押し留め、実家にいた頃に見た祭りの光景を頭に浮かべた。

「ああ、今年も終わったんだね。もう何年見てないかなぁ」

本当なら、「帰ってこいよ」って言われたい。でも、口に出して言えない。言ってもくれない。

『倒産するなら有休使ってでもくればよかったな』

「うん、ほんとそうだね」

『そっちは雪、降ってるの？』

カーテンを開けて外の景色を眺める。真っ暗なガラスに私が映っている。来月から無職の私、彼に愛されているか分からない私。

「こっちはあまり降らないからね」そう言ってから思い出す。

「ねえ約束、覚えている？」

意地悪な質問だったかな。とガラスのなかの自分に問いかける。

『約束って？』

「神戸駅のプロジェクションマッピング。見に行こう、って約束したでしょう？」

『もちろん覚えてるよ。ホワイトイルミネーションじゃなかったっけ？　えっと、それっていつ？』

やっぱり忘れてたんだな。前に提案したときは乗り気だったのに、ここ数週間は話題にすら登らなかったから。

「今度の土曜日だよ。休みなんでしょう？」

『どうかな……。たぶん大丈夫だと思うけど。最近、忙しくってさ』

彼の言葉のなかに嘘を探している自分が嫌い。大丈夫じゃないのでしょう？　忙しくはないのでしょう？

海斗と電話をすると、悲しくて苦しい。


三日後、いつもより早い時間に出勤。これが最後の出勤になるかと思うと、なんだか感慨深い。封筒に『閉店のお知らせ』をセットしたり、上司への挨拶や荷物の整理をしているうちに昼を過ぎてしまった。

誰ひとり、会社の倒産について話をする人もいない。まるで、いつもと同じ一日のように淡々と業務をこなしているように見えた。違うのは、ほとんどの商品が段ボールに詰められて積まれていること。照明がいつもよりも暗いこと。ＢＧＭが流れていないこと。

毎日のように通っていたこのお店がなくなるのは寂しいけれど、それでも未だに実感はなかった。明日からも普通に出社するような気がする。

最後まで社長の姿を見ることなく、私たちは従業員出口で皆と別れた。ねぎらいの言葉も今後についても話すこともなく、次の就職先が決まっていると思われる主任だけがやけに明るく『人生』を語っていた。

私と菜摘はよくランチに利用していたカフェへ。示し合わせたわけじゃなく、どちらからともなく向かっていた。お互い紙袋に入れた私物を持っての大移動。

馴染みのウェイターはいつもと変わらない接客で窓際の席へ案内してくれた。

「お疲れぇ」

菜摘が乾杯よろしくグラスを持ちあげた。いつもはミネラルウォーターだったけれど、こんな時くらいとワインを頼んだのだ。

ひと口飲んだあと、菜摘は首をかしげた。

「仕事中のお酒って魅力的って思ってたけど、逆にしおれるね」

「厳密にはもう勤務時間ではないけどね」

渋い味に顔をしかめつつ、店内を見渡す。ここに来るのも今日が最後かもしれない、と思うと気分が翳ってくる。職場では感じなかったのに、ここでそんな気分になるなんて。いつだって感情には時差がある。『そんなもんだよ』と笑えるのが大人だとしたら、私は永遠に戸惑い続けるのだろう。

運ばれてきた本日のランチ『鮭の和紙包み焼き』を食べていると、二杯目のワインを飲み干した菜摘が「でもさあ」と私を見た。

「あの女社長、結局最後まで来なかったね。自分のせいで潰れたのにさ」

吐き捨てるように言う菜摘に、

「経営っていろいろ大変なんだよ。あとの処理とかもあるだろうし」

かばうようなことを言ってしまった。こういうところ、自分でも嫌悪感を覚える時がある。

「琴葉はほんとやさしすぎ。明日から路頭に迷うってのに」

肩をすくめた菜摘が「で」と続けた。

「海斗さんとこに帰るの？」

「それを言うなら、実家に帰るの？　でしょ」

ナイフとフォークで鮭を切りわけながら答える。

「どうなのよ？　いよいよ結婚ってことになるんじゃない？」

目を大きくする菜摘に、迷いながら口を開いた。

「実家に戻るのはいいんだけど、海斗のほうは帰ってきてほしいかどうか分からないんだよね……」

「え？　なになに、どういうこと？」

身を乗り出す菜摘。彼女にはこれまで、うまくいっているエピソードしか披露してこなかった。プライド、というか、なんというか。

もう取り繕う必要もないし、むしろ菜摘からちゃんとしたアドバイスがほしくなった。

「海斗さ、退職前に一度親の手術で札幌に戻ったでしょう？」

「ああ、そんなこともあったっけ？」

グラスの口を人差し指で拭いながら菜摘が宙を見た。

「社長と喧嘩する直前くらいに有休取ってたよね」

「その時……元カノに会ったんだって」

「マジで⁉　そんな登場人物初めてじゃん」

もう菜摘の目はキラキラしている。そうだよね、人のこういう話、私たちは大好きだから。

「名前は知らないけど、海斗が就職で神戸に出ることになって、泣く泣く別れた人なんだって。偶然会った、って言ってた」

そう、あの日の電話で彼はうれしそうに話してくれた。親の手術後というのに、それについてはあまり語らず、元カノとの再会の話ばかりしていた。

あの日から、私たちのなかでなにかが変わってしまったのかもしれない。

海斗の口から語られる元カノとの思い出話に、私は彼の未練を感じ取ってしまったのだ。海斗は認めなかったけれど、彼女のことを忘れていないのは否が応でも伝わってきていた。

結局、その後の社長との喧嘩によって、海斗は本当に札幌に戻ってしまった。

「やけぼっくいに火がついた、ってやつね」

菜摘はワイングラスを揺らせながら言った。

「そこまでなのかは分からないけど……。でも、札幌に戻ってからの海斗はなんとなく冷たい気がする」

「そんなの全然知らなかった。なんで話してくれなかったのよ」

「菜摘に話すとみんなにバレちゃうもん」

「ひどい、私そんなにおしゃべりじゃないし」

ぷうと頬を膨らませた菜摘が、宙をチラッと見た。誰に話そうか考えているのだろう。そんな自分に気づいたのか「でもさ」と神妙な顔になった。

「冷たく感じるのは距離のせいじゃない？　案外、琴葉の勘違いかもよ？」

ワイングラスのふちをなぞる菜摘の指を見ながらうなずく。そうかもしれないし、そうじゃないかもしれない。たしかに、冷たさに傷ついた数日後には、彼のやさしさに胸を温める日だってある。私ひとりが不安になっていたんだ、と反省することもしばしば。

「来週こっちに来るんでしょ？　プロジェクターマッピング見るって約束してたもんね」

「プロジェクションマッピングね。壁にリアルな絵を映し出すやつ」

「そうそう、それ」

ワインをまた飲んでから私は聞こえるようにため息をついた。

「すっかり忘れられてた」

先日の電話を思い出しながら言う。あの日からメッセージは数回やり取りしたけれど、どれもたわいのないことばかりだった。

「それってひどくない？」

「ひどいよね」

悲しいのは、一気に愛が消えていくことじゃない。手のひらからこぼれ落ちるように徐々になくなっていくこと。そして、それをただ見ているしかできないことだ。

「琴葉は、海斗さんが元カノと復縁している、って思ってるの？」

「考えたくなくて……。気のせいかもしれないし」

希望じゃなく願望にも似た感情を言葉にすると、菜摘はナプキンで口をぬぐってから、私に顔を近づけた。

「私だったら、直接札幌に乗り込んじゃうけどな」

「すごい行動派」

思わず笑ってしまうけれど、目の前の菜摘は真剣な表情だ。

「だって気になるじゃん。それによって、今後の生活も変わるかもしれないんだから、仕事のない今こそ突撃すべきだよ」

「でも、絶対に迷惑だよ」

眉をひそめる私に、菜摘は「あはは」と笑った。

「気になるなら行く、それが私。プライドなんて知らない」

ケロッとした顔で菜摘はワインを飲み干す。

「アクセサリーショップを開く夢も健在なわけでしょ？」

「うん」

そう、神戸に来た目的は夢をかなえるため。それは色褪せることなくまだ輝いている。いつか、自分のデザインしたアクセサリーを販売してみたい。

「だったら、まずはひとつ解決しなきゃ前に進めないよね」

「もう、他人事だと思って」

そう言いながらも、札幌の地を思い出す。なんだか、胸が騒がしい。


菜摘と別れたあと、駅までの道をひとりとぼとぼと歩く。私物のなかには二度と使わないようなものもあり、それが両腕と気持ちを同じくらい重くしている。

ビジネスマンが早歩きで私を追い越そうとして肩が軽く当たった。

「すみません」

私が言うより先に相手が言い、急いでるのか先を行く。どんどん虚しさが心を占めてゆく。さっき菜摘が言っていた言葉が頭の中で繰り返された。

『私だったら、直接札幌に乗り込んじゃうけどな』

そんなことできるわけがない。でも、この毎日のモヤモヤを解決するのにはそれしかないような気もする。

海斗が好き。

それは全然変わらない。でも、こうして距離が離れたことを悲しんでいるのも苦しんでいるのも自分だけのような気がしているのは確か。

彼が札幌へ戻る日、見送りに行った空港でした悲しいキスが今も甦る。あの日誓った永遠は、今も生きているのか自信がない。

無意識に足を止めていた。私は……これからどうすればいいのだろう。

ぼんやりと周りを見渡す。この町はどこ？　私はここにいてもいいの？

駅前の風景。流れる時間のなかで、ひとりぼっちで佇んでいるような感覚だ。

ふと、明るい色調の看板が目に入った。

『国内旅行から海外旅行まで　ＤＣＴツアーズ』

テレビのＣＭもやっている大手の旅行会社の支店だ。ただの通勤路だから、あんまり意識して見たこともなかった。光に吸い寄せられる虫のように、いつの間にか私は自動ドアをくぐっていた。

店内は外から見るよりかなり狭かった。色鮮やかな旅行カタログがいたるところに設置され、その他にはカウンターがあるだけの小さな店。男性従業員が私を見て立ち上がる。

「いらっしゃいませ」

にこやかな笑みを浮かべ、目の前の椅子を手のひらで示し私を招いている。

「よろしければお話を伺わせていただきます」

またしても吸い寄せられる虫になり、ひらひら近づく。椅子に座ると、受付の男性も静かに腰かけた。

「本日担当をさせていただきます、中村(なかむら)と申します」

「よ、よろしくお願いします」

必要以上に頭を下げてしまい、テーブルに頭をつけそうになる。中村さんは三十代半ばくらい。髪を後ろに流し、どこかホテルマンを連想させる雰囲気がある。

「今回はご旅行をお考えですか？」

そう尋ねられ、頭が真っ白になる。思わず入ってしまったけれど、旅行なんて行く気分じゃない。中村さんはにっこりと微笑んだまま私の答えを待っている。

「旅行というか……実は、なんとなく店に入ってしまいまして。すみません」

最後のほうは消えてしまいそうなほど小さな声になる。そんな私に中村さんは背筋を伸ばしたままひとつうなずいた。

「それは光栄です」

「……はい」

「行き先が決まってないのであれば、岐阜県などはいかがでしょうか？　飛騨高山や下呂温泉などが人気で、来月出発分におすすめツアーがございます」

「岐阜県、ですか」

「うちの弟も長年住んでいますが、とてもいいところですよ」

気さくな会話に思わず笑みが浮かんだ。

「岐阜県は行ったことがないですね」

「私も弟に会いにいく用事がないと行きませんが、穏やかでのんびりしているイメージです。弟は喫茶店を経営してる上に新婚なので、なかなか私と遊んではくれませんが」

おどけた顔をする中村さんに好感が持てた。差し出されたパンフレットを眺める。

「ほかにも長崎のハウステンボスや沖縄の宮古島、近場でしたら大阪のユニバーサル・スタジオ・ジャパンなども人気です。どこか気になった場所はありますか？」

「ああ、はい。札幌に――」

そこまで言いかけて、ふと我に返る。私はなにをしているんだろう。本当に札幌に行くつもりなの？　行ってどうするつもりなの？

「札幌ですね。出発日はお決まりですか？」

あくまでやさしく尋ねる声に、間を置かず口を開いていた。

「きょ、今日行きたいんです」

「今日？」

きょとんと中村さんは一瞬目を開いたが、

「かしこまりました。少々お待ちください」

と、パソコンを操作した。

体の力が抜ける。そうだ、行くならすぐに行こう。

迷っていると動けなくなる。そう思いながらも、たぶん今日の今日では無理だろうという考えもあった。無理ならあきらめればいいだけ。自分の決断に言い訳をくっつけるのはいつものことだから。

中村さんはパソコンを見ながら、眉をひそめた。

「あいにく本日の飛行機の便は残り少なくなっており、ここから空港に行く時間を考慮すると厳しそうです」

ほら、やっぱり。無謀すぎるんだ。そもそも、会いに行ってもどうしようもない。海斗を怒らせるに決まっている。

「そうですよね。突然すみませんでした」

我に返ると同時に頰が熱くなる。これじゃあ冷やかしの客みたい。深く頭を下げ帰ろうとする私に「あの」と中村さんは言った。さっきよりも低く、小さな声に聞こえた。

顔を上げると、さっきまでの笑みを消した中村さんがいた。

何か言おうとして口を開き、すぐに閉じるのを何度かくり返してから、中村さんは咳払いをひとつ。

「お急ぎなのですね？」

「え？」

意味が分からず聞き返せば、中村さんはすっと目を細めた。

「本日中に札幌に到着する必要があるのですね？」

「い、いいえ。そういう訳ではないのですが」

なんて説明していいのか……。逡巡していると、

「大丈夫ですよ」

中村さんはピアノでも弾くように宙で両手を開いた。カチャカチャとキーボードとマウスを鳴らしたあと、満足げにうなずく。

「明日の便でしたらお取りできますが？」

クイズを出題でもするように語尾を上げた中村さんに、眉をひそめた。明日の便を予約したとしても、直前でキャンセルするのは目に見えている。

「できれば今日出発したいんです。明日になると、たぶん考えが変わってしまいそうで……」

これから先、自分がどうしていくのか決めなくてはならない。そのためには海斗に会う必要がある。今、決めなきゃいつまでも悩むことになるだろう。

中村さんはそんな私をしばらく見たあと「ほう」と納得したように首を縦に振った。

「つまり、こういうことでしょうか？　すぐに出発できるのであれば、到着に時間がかかっても大丈夫だ、と？」

自分の気持ちを言葉に変換してもらった気分だった。

「はい。むしろ、ゆっくり考えごとをしたいんです」

思わず身を乗り出す私に、中村さんはやさしくほほ笑んだ。まるで、占いで言い当てられた時のようにうれしくなってしまう。

さっきまでのあきらめモードとは一転、なんとしてでも今日旅立ちたい気持ちで一杯になっているのが不思議だった。

「コロナウイルスのワクチン接種は終わっていますか？」

「はい」

ワクチン接種の証明書は、いつでも提示できるようデータをスマホに入れている。

「では、飛行機ではなく他の手段にされてはいかがでしょうか？」

「他の手段？」

中村さんは大きくうなずいてみせた。

「深夜特急でしたら、接種完了と乗車前の抗原検査を条件に席をお取りすることができます」

さっきからオウム返ししかできない。深夜特急ってなんだろう？

「深夜特急？」

「神戸駅から夕方四時の便で深夜特急の『ドリーム』が出ております。途中、いくつかの駅を経由しながら、札幌まで運行しております。到着は明日の昼頃となってしまいますが、それでは時間がかかりすぎですか？」

「あ、いいえ……」

約束もありませんから、そう言いそうになる口をつぐんだ。

「神戸からどんどん北上してゆく旅で、いつもは満席なのですが、当社で押さえていた席にキャンセルが出ております。往復の列車と札幌での宿泊がセットになっております」

丸一日近くをかけて北へ向かう列車があるなんて知らなかった。

「帰りも列車なんですか?」

「いえ、ご希望でしたら空港便への変更もできますが」

話が進んでいる。トントン拍子に進んでしまっている。だが、これを逃せばまたあのハッキリしない気持ちの日々が続くのは目に見えている。であれば、この際行ってしまったほうがいい気がした。ううん、『確信した』に近い。

「帰りも列車で大丈夫です。あの、帰りの便だけは二名分の列車チケットを取れますか?」

「はい、日程にもよりますが帰りの便は空きがあります。何日の着にしますか?」

「土曜日の夕方までに戻れれば、いつでも構いません」

諦めていたプロジェクションマッピングを、一緒に見られるかもしれない。

「それでは札幌に二泊し、金曜日の昼に札幌を出発する便をお取りできますが、いかが致しましょうか？」

中村さんはプロらしくほほ笑んで見せた。

もう、心は決まった。

神戸駅に着く直前で、もうすぐ三月というのに雪が降り出した。あっという間に白く染まる街は、どこか故郷を思わせる。

深夜特急に乗ることになるなんて思いもしなかった。住んでいる街と生まれた地を結ぶ物があるなんてうれしい。

午後二時半に家についてから慌ただしく準備をしたから、なにか忘れ物がないか心配だ。手を止めたら迷いが生まれそうで、とにかく必死でここまで来た。それに勢いだけで決めてしまったから、海斗にもまだ連絡していない。

「大丈夫かな……」

旅行会社でもらった切符を財布から取り出す。なにか特別な形の切符かと思ったら、新幹線のそれによく似たデザインの素っ気ないもの。

『神戸↓札幌　深夜特急ドリーム特急券　寝台乗車券』と印字され、その下には座席番号が記してある。

　改札口にいる駅員にチケットを見せると、中村さんが説明してくれたように『抗原検査キット』が渡された。プラスチック製のそれは、ライブで光るスティックライトによく似ていた。目の前でキットの蓋を開け、なかに入ってる綿棒で口内をなぞる。商談会に参加した時にも検査をしたので覚えていたが、ひとりだけ検査をするのは恥ずかしい。

　すぐに結果が出た。切符に『検査済』の印を押してもらい、ようやく改札を抜ける。

　電光掲示板を確認すると出発まではあと二十分近くある。トランクを引きながら六番線ホームへエスカレーターで上る。当然のことながらまだ列車は来ていなかったが、案内板にはあと十分で到着する旨が光っていた。

　六番線にはそれまで他の電車は来ないらしい。チケットに書かれた六号車の位置まで歩く。

　そうだ、飲み物を買わなくちゃ。中村さんの説明では、車内でも飲食物の購入はできるし食堂車もあるらしいが、どちらもかなり高めの値段設定とのこと。

『食事は記念にいいかもしれませんが、飲み物は自販機のものと同じなので持ち込みがおすすめです』

手続きをする間にこっそり教えてくれた。

「明日からは無職だしね」

ホームにある売店で、ジュースとお茶、幕の内弁当、それにチョコレートを買った。近くのベンチに座りトランクに詰めていると、ひとつ空けた横の席に若い男性が座った。

上はダウンジャケットを羽織っているが、なぜか半ズボンというちぐはぐな恰好に目がいく。

寒くないのかしら？　髪を無造作に散らばせ、角度のついた眉に鋭い目が印象的だった。いわゆる体育会系なのだろうか、半ズボンから覗いている太ももが大木のように太い。顔を見ると同い年くらいに感じるし、恰好だけ見ていると大学生にも思える。

ジロジロ見すぎてしまっていたのだろう。いぶかしげに視線を返され慌てて目を逸らした。彼も深夜特急の乗客なのかも。

独特のトーンのナレーションが響き渡り、滑るように列車がホームに入って来た。

ゆっくり停車する真っ白い列車。ドアの横に筆記体で〝Ｄｒｅａｍ〟と書いてある。運行をはじめてから三十三年経つというが、思ったよりも車体はきれいだった。車体に落ちる雪と同じくらい白く、わずかな照明でも美しく輝いている。

海斗に連絡するのはあとにして、取りあえず開いたドアから乗り込むことにした。通路はひとりが通り抜けるのがやっとという狭さ。濃い木の色の内装は、映画で見た『オリエント急行殺人事件』のワンシーンを思い出させる。犯人の意外さよりも、セットの豪華さに目を奪われたのを今でも覚えている。

六号車、真ん中あたりに私の席番号が記されたプレートがあった。簡易ドアを開けて中へ入ると同時に息を呑んだ。

部屋の左右に二段ベッドが並んでいる。その奥に小さな四人掛けのソファがあり、大きな窓からホームが見えた。

「……個室じゃないの？」

一旦通路に戻り表示番号を確かめるが、切符に書かれている番号と同じ。つまりこの部屋で間違いないらしい。個室だと思っていたのに、まいったな……。

ああ、そうかと思い出す。中村さんはワクチン接種のことを執拗に尋ねていたっけ。その時に聞いておくべきだった。

私のベッドは左の二段ベッドの下側らしい。本当にここで眠れるのか、ってくらい縦にも横にも狭い。トランクを置くと、とりあえずソファへ移動する。

窓越しに見えるホームには、カサをたたんでいるサラリーマンが立っている。いつの間にか雪は止んでいて、雲の合間に青空が見えている。ポケットからスマホを取り出して、海斗に電話をかけようとボタンを操作。もちろん、まだ仕事の終わる時間ではないので留守電にでも残すつもりだ。

――なんて言えばいいんだろう?

考えてみるが、いいアイデアが浮かばない。

「プロジェクションマッピング見に行くんだよね? 迎えに行くよ」

試しに口にしてみるが、しっくりこない。ていうか、意味が分からない。

「思いついて来ちゃった」

これもストーカーっぽくて怖い。メッセージアプリで文章を送ることも考えたけれど、きっとうまく伝えることができないだろう。

なるようになれ、と通話ボタンを押す。仕事中は電源を切っているのか、すぐに留守電のメッセージが流れた。口を開きかけたその時、ガタッと音がしてドアが開いたので慌てて電話を切る。

入って来たのはさっきの短パン男だった。変わらずいぶかしげな顔で私を見てくる。まさか、同じ部屋だったとは……。

頭を下げて挨拶をするが、彼は切符とベッドを交互に確認している。

やがて肩に背負ったバックパックを私の向かい側のベッドに放り投げると、ドスンと私の正面に腰をおろした。

「は、はじめまして」

なにか言わなくちゃ、と声を出すと見事に裏返ってしまった。彼はチラッと私を見て、軽くあごだけを前に動かした。会釈のつもりらしい。

「よろしくお願いします」

これから明日の昼までは同じ部屋なんだから、と精一杯の愛想で言う。

「どうも」

またあごだけの挨拶。いささかムッとはしたが、仕方ない。きっと私のほうが年上だしリードしなくては。

「札幌までですか?」

「まぁね」

そっけない返事で答えると、彼は煙草をくゆらせた。え、禁煙じゃないの?

「あの……」

「これ、水蒸気タバコ。出てるのは水蒸気」

そっけなく言うと彼は白煙……いや、水蒸気を宙に逃がし大あくびをしながら窓のほうへ顔を向けた。

相手にされていないことをひしひしと感じた私は、スーツケースから雑誌を取り出して読むことにした。なんだか気の合わない同士のお見合いみたいだ。

ペットボトルのお茶と雑誌をふたつのソファの間にある小さなテーブルに載せると同時に列車が静かに動き出した。窓が厚いのか、音もなく景色が流れていたが、速度が上がるにつれレール音が耳に届いた。

――もう、引き返せない。札幌への北上の旅がはじまったのだ。

知らずにため息がこぼれた。やはり海斗に電話をしよう、そう思った途端、スマホが鳴り響いた。

「あ、ごめんなさ……」

マナーモードにしていなかった。慌ててスマホを取り耳に当てる。この音は海斗だ。

さっきよりさらに不機嫌そうな顔でこっちを見てくる男に何度も頭を下げながら、

慌てて通路へ出た。扉を閉めてからようやく声を出す。

「ごめん、海斗」

『もしもし、なに？』

「あ、あのね」

通路に出ると窓の質が違うのか、レールを走る列車の騒音が否応なく押し寄せる。

『今日で仕事終わったんだろ？』

「あ、うん」

『で、なんの用？』

考えを……考えをまとめようとするけれど、用がなくちゃ電話もできないのか、という気持ちばかりが込みあがってくる。

「実は今、列車に――」

『もしもし、どっから電話してんの？　聞こえないんだけど』

「あのね」

さっきよりも大きな声で話すが、トンネルに入った電車は壁に反射した音の洪水。うわーんと押し寄せる雑音に片耳を押さえた。

「もしもし？　海斗？」

『琴葉、悪い。聞こえないわ。メッセージにして』

ブツッという電話を切る音だけは、騒音の中でも大きく聞こえた。

なんだか……すでにこの旅を後悔。

ため息をこぼしながら、とぼとぼと部屋に戻る。メッセージで、って言われてもなんて説明していいのか分からない。とりあえず、ソファに座る。そしてまた、ため息。

メッセージアプリを開いて、文字を少し打つ。少し消す。また、少し打つ。全部消す。

「あんたさ」

うつむく私に声が降る。

「なんか、暗くない？」

顔を上げると、あいかわらず水蒸気を口から吐き出しながら男は言った。さすがにムッとしてしまう。

「……言っている意味が分からないんですけど」

「そのまんま。ずっと暗いなぁって」

バカにしているかのように薄ら笑いで私を指さす。

「ため息ついたり、暗い顔したりしてる」

「だから？」

ようやく沸々とした怒りの感情が頭をもたげてきた。初対面の男にどうしてそこまで言われなくちゃいけないのよ。

「いや、別に。それだけ」

もう男は興味がなくなったかのように、窓の外の景色に目をやっている。その態度が余計にムカつく。どうする？　抑える？

……ムリ！

「ちょっと、いいですか⁉」

私の声に男が目だけでこちらを見る。

「なに？」

「失礼すぎませんか？　初対面なのに人のことを暗いなんて普通、言う？」

また窓の外に視線を戻してから、

「思ったから言っただけ」

つまんなそうに男は言った。

「だからって、そんなの失礼でしょう？」

「そう？」

「そうよ、普通なら言わない」

なんだか、彼に対しての怒りよりも、うまく海斗に説明できない自分に腹が立っていた。そう、怒りの矛先は私自身に向かっている。そう思いながらも一度開いた口は止まらない。

「もういいじゃん。この話は終わりってことで」

男も少しイライラした表情を隠そうともしない。

「よくない。私だって明日の昼まであなたと一緒なんだから嫌な思いをしたくないの。仲良くしたいの」

「分かったから、もういいって」

「それなのに、挨拶もろくにしないし、挙句の果てにあんな失礼なことまで。これじゃあ先が思いやられるよ」

まだ収まらない。どんどん湧きあがってくる怒りをさらに口にしようとしたその時、

「うるさいわねぇ！」

どこからかその声が聞こえた。他の乗客がベッドにいたのかと驚くけれど声はす

ぐ前の男から発せられていた。

「……え？」

「うるさいって言ってんのよ。ピーチクパーチク騒いでんじゃないわよ」

やっぱり人は、思いもよらない出来事に遭遇するとフリーズするものらしい。急に女言葉を発した彼をただ見ているしかできない。

唖然とする私に、男は続ける。

「大体さ、あんた失恋でもしたんでしょ。そいでセンチメンタルな空気を醸し出して自分に酔ってるのよ。あんたみたいなヒロイン気取りの女、あたしいちばんキライなのよね。あーやだやだ。せっかくの旅行なのにあたしのほうこそ不幸よ」

「あ…あたし……？」

「でもさ」急に彼はニヤリと笑う。

「失恋話なら大好物よ。あんたの悩みをこのあたしが札幌に到着するまで聞いてあげるわ」

唖然とするなか、列車は速度を上げ神戸の街を走り抜ける。

第二章

北緯三十五度

旅をする理由

「あたしの名前は、健太。これでも本名よ」

にっこり笑った健太は、たいして長くもない髪をかき上げると、あごを私にひょいと向けた。名を名乗れ、ということだろう。

「わ、私は吉田――」

「苗字はいいわ、名前だけで。同じ部屋になっただけの間柄だし、どうせ覚えられないもの。お互いに名前のみを名乗る。そういう関係でいましょう」

すっかり毒気を抜かれて、私は素直にうなずいていた。

「琴葉、です」

「あら、かわいい名前」

さっきまでの無愛想はどこへやら、健太は両手を合わせてほほ笑む。

「……びっくりしちゃった」

「でしょうね。このしゃべりかたがバレないようにすることに必死だったもの。あー、でももうこれで素でいられるからホッとしちゃった」

改めて見ると、さっきまでのゴツい印象と違い、なんとなくかわいく思えるから不思議。左腕にはめている時計はレディースだった。

「あの、健太さんはオカマさんなの？」

三秒迷ってそう尋ねた。聞きたいことは抑えられない性格なのは昔から。

「呼び捨てにしてよ、気持ち悪い。健太、って言って」

「え、それはちょっと……」

「いいじゃないの。あたしも琴葉って呼ぶからさ」

「ええっ⁉」

「もう」

健太は腕を組む。

「ほんっと、うるさい女ね。いい？　健太って呼びなさい。これがこの部屋でのルールにしましょう」

ポンポン言葉が出てくる健太に翻弄されっぱなしの私。目を丸くして黙る私を同意したものと思ったのだろう、健太は満足そうにうなずいた。フリーズしているだけなのに。

「さっきの質問の答えはね、ノーよ。あたしはオカマじゃなくてゲイなの。どう違うのか聞きたい？」

「いえ、結構です」

丁重に断ると、健太は唇を尖らせ不満を表した。

「ま、とりあえずよろしくね。琴葉も札幌までよね？　終着駅まで楽しみましょうよ」

健太はベッドからバックパックを取ると、なにかを取り出して渡してくる。小さなジュースのように見える瓶。ラベルには英語で色々書いてある。

「栄養ドリンク。馬プラセンタやコラーゲン、ビタミンたっぷりでお肌にすっごくいいんだから。輸入物で高いのよ。お近づきの記念にあげるわ」

「いらない」

秒で拒否する私に、健太は机上の瓶をすっと押してくる。

「人の親切は素直に受け取るもんよ。いいから持ってなさい。で、琴葉は二十五歳くらい？」

年齢を当てられてびっくりしたままうなずく。

「やっぱり！　じゃああたしと同い年。なんとなく同級生って、見るとわかっちゃうのよねぇ」

なんて屈託のない笑顔なんだろう。表情がキラキラしていて、この人はきっと私よりも女性らしい。女性らしさの観点にもよるんだろうけど。

「健太さん……健太はなんだか若く見える。年下かと思った」

素直な感想を述べる。短パンを履いているからかもしれないが、二十歳そこそこに見える。

「そりゃそうよ、日頃からお手入れしているもの」

「お手入れ？」

「洗顔とか化粧水とか、そういうのにはこだわってるの」

「やっぱりオカマじゃん」

「違うって！」裏返った声で否定される。

「あたしはゲイ。男の姿で男を愛するのよ」

両手を広げて言うので思わず噴き出してしまった。ハリウッド映画の俳優みたいに身振り手振りが大きい。なんだか、久しぶりに心から笑えた気がした。

「なによ、笑うことないじゃないのよ」

「ごめんごめん、言いかたがおもしろかったの」

謝りながらも彼との距離が近づいたと感じた。こうして話をすれば分かり合えることもある。逆に言えば、ちゃんと話をしないと分からないままなんだ。

「なんかね」

と、私も口を開いた。

「最初にホームで見た時と印象が違うからびっくりした」

「男っぽかったでしょう?」

ふふん、と健太は自慢げに笑った。

「でも、今のほうが話しやすい。四人部屋ってこと知らなかったから、すごく緊張してたんだよね」

「あたしは女に興味ないから安心よね」

そう言って健太は窓からの景色に目をやる。私も同じように外を見た。すごい速さで過ぎてゆく近景の向こうに丸い太陽が見える。空は青色からオレンジ色に変わり、セピアフィルムのように街を染めている。神戸駅に向かう時は雪が降っていたのに、景色と同じように天気もどんどん変わっていく。

海斗の住む町からもこの空は見えているのかな。少しは私を思い出してくれているのかな。

「言いたくなかったらいいんだけどさ、なんでさっき暗かったの? 緊張してる、ってだけじゃない雰囲気だったわよ」

景色に目をやったまま健太が尋ねた。その横顔を見つめる。偶然同じ時間の同じ列車に乗り合わせた旅人。どこまで話せばいいのか分からない。

私の躊躇する気持ちを察してか、やさしい口調で健太は「お買い得」と言った。

「おか……え？」

「あたしって、お買い得なの」

「どういう、意味なの？」

「男の気持ちも分かるし、女の気持ちも分かる。恋愛の相談ならしておいたほうが両方の意見をもらえてお買い得よ。今なら栄養ドリンクもサービス中」

テレビの通販番組みたいに声を張る健太。

「恋愛で悩んでるなんて言ってないでしょう」

精いっぱいの抵抗に健太は呆れた顔をした。

「思いっきり顔に書いてあるじゃないの。いいから、さっさと話しなさいよ。時間ならたっぷり明日の昼まであるんだからさ」

ニカッと大きな口で笑う健太を見て、勝負に負けたような気分。それでも、なぜだろう？　少しホッとしたような気持ちがあるのは。

「なるほどねぇ」

話を聞き終えた健太は目をまん丸にして言った。三本目の電子タバコの水蒸気はバニラの香りがした。充電式なのだろう、持ち手部分に赤いライトが点滅している。さっき聞いたところによると、禁煙グッズのひとつで、ニコチンなどは一切含まれていないそうだ。

「つまり、まとめると……」

最後の煙を吐きながら健太は宙を仰いで続けた。

「海斗って彼氏とは、今は遠距離恋愛中。最近はなんだか冷たいし、元カノの影も見える。ここまで合ってる?」

「うん」

「で、土曜日にプロジェクションマッピングとやらを見に行く約束をしていたけれど、すっかり忘れられていた。それで衝動的に、札幌まで海斗を迎えに行く、ってわけね」

「そうそう」

「ふうん」とうなずいた健太が、少し間を取ってからまっすぐに指さしてきた。

「あんた、それストーカーじゃん」

「ちょ、ひどい。そんなんじゃないもん！」

思わずずっこけそうになる。今の説明をどう解釈したらそうなるのだろう。

「私たちはちゃんと付き合っているんだから。ストーカーは、なにかしらの届かない想いに苦しんでなるものでしょう⁉」

「だったら、なんでそんなに悲しそうなのよ」

言葉に詰まる。言われて気づいた。私のここしばらくのモヤモヤは、悲しみなのだと。会社がなくなり、頼れる唯一の恋人の反応も悪い。全部が悲しいんだ。ぐうの音も出ない私に、健太が「ねえ」と息を吐いた。

「琴葉はさ、これからどうしたいの？　なにがしたくて札幌へ行くの？」

うつむいていることに気づき、ゆっくり顔を上げた。鋭い目で私を見つめる健太がいた。

「会社が倒産して、明日からどうなるかも分からない状況でしょ。その上、恋人は冷たい。それってかなり不幸じゃない？」

「……そうかな」

「そうよ」

身を乗り出す健太に、同じ幅でのけぞった。

「あなたは不幸のかたまりにしか見えないわ。いわば、さよならを待っている状態。それって切なくない？」

「たしかに悲しいって気持ちはあるけれど、不幸とは思ってないよ。全部私の勘違いかもしれないでしょう。札幌だって、思いついてすぐに行動に移しただけで、深い意味はないし」

そう、たまたま飛び込んだ旅行会社でチケットを取ってもらっただけ。海斗に会ってどうするかなんて、私自身にも分からない。

「人間の行動には必ず意味があるのよ」

急に哲学者めいた言葉を落とす健太。

だんだん山間地に列車は入っているようで、暮れ行く空が山肌を黒く塗りはじめている。健太の言葉を頭のなかで反芻していると、不安が頭をもたげるのを感じた。

「海斗に会って、私、それからどうするんだろう？」

健太にじゃない。自分に尋ねていた。

「琴葉はさ、答えが欲しいのよ。前に進むためのね」

「それって――」

「海斗とのことがはっきりしないとこれから先、チョイスのしようがないわけ。だから、無意識にでも行動に出た。でもそれって素晴らしい選択だと思うわよ」

健太は目を丸くしてニッと口角をあげてみせた。

「そうかな……」

急に自信がなくなった私の声は小さくなる。列車の振動音が大きくなった気がした。

「人間は弱いから、置かれた環境に慣れてゆくものなの。悲しい気持ちもやがて日常になってゆく。人は悲しみを鈍化させ融合し、最後は消化して生きてゆくの。つまり見なかったことにする。でも、琴葉はそうしなかった。勇気があるのね」

「勇気？」

「壊れゆく愛を見る勇気」

「はっ⁉」

間髪容れずに声を上げる。さっきまで褒めていたくせに、急に落としてくるからわけが分からない。

「壊れるってなによ。私と海斗の関係は壊れたりしない。これからもずっと付き合ってゆくために会いに行くの。失礼なこと言わないでよ」

終わりだなんて思いたくない。そう、不安を解消するための旅なのだ。

「はいはい、分かったわよ」

お手上げポーズを作り苦笑いする健太。それがさらにムカつく。

「健太って、ほんとデリカシーないんだから」

プイと顔を横に向けると、健太はおかしそうに笑う。

「あはは。デリカシーなんて言葉使う人、あたし初めて見たわ。そんなにカッカしないの。少しずつ話をしていきましょうよ」

健太って人は不思議な人だと思った。なんだか心を見透かされているような気分になる。なのに居心地は……まぁ、悪くないけれど。

「失礼します」

ドアがノックされた。

「どうぞ～」

裏声を出し健太が答えると、扉を開けて車掌が入ってきた。紺色の制服に白髪のよく似合う男性だった。

「本日はご乗車ありがとうございます。乗車券の確認に参りました」

「あ、はい」

カバンからチケットを出していると、

「かわいい車掌さん。タイプだわ」

健太が私だけに聞こえるようにつぶやいた。

「ちょ、黙って」

こちらも小声でそれに返す。ほんと、よく分からない人だ。

車掌はチケットに昔ながらの鋏（はさみ）で切り込みを入れると、

「ありがとうございました」

と、笑顔で切符を返してくれた。普段はスタンプで済ませるチェックも、こういうイベント列車では鋏を使うのだろう。

チケットを受け取った健太が、「そうそう、車掌さん」と、お辞儀をする彼に声をかけた。

「食堂車は予約がないとムリなの？」

「時間にもよりますが、本日は若干空きがございます。ご希望でしたらご予約しておきましょうか？」

食堂車は高いと教わったけれど、健太はお金に余裕があるらしい。

「じゃあ、これからの時間で二名予約をしてちょうだい」

まるでマダムが使用人に言うような口調にも驚いたが、それよりも……。

「二名って、私も？」

「そうよ、他に誰がいるのよ」

当然、という顔で私を見る。

「私はいいよ。お弁当買ってきたし」

いくら外の景色が暗くなったにしても、まだ午後五時すぎ。夕食には早いだろう。

「いいじゃないの。ひとりで食べても美味しくないじゃない。私がおごるからさ。すぐに行くから席を取っておいてくださるかしら」

健太の女言葉に目を丸くした車掌が、それでもプロの意地を見せ、

「かしこまりました」

と礼をするとドアの向こうに消えた。

「ああ、もう勝手に決めないでよ。それにまだ夕方だよ」

「琴葉、人間は自由なのよ。世知辛い毎日のなかで忘れがちだけど、旅行となれば話は別。時間に縛られてたら恋にも縛られちゃうわよ。料理でも食べながら、さっきの話の続きをしましょうよ」

ひょいっと立ち上がった健太は、さっさとドアを開けると、あごをクイッと振り私をせかした。この人はあごで行動を指示するタイプらしい。

「いいから早くしなさい」

お母さんみたいな口調に私もあきらめて立つ。

座っているとあまり感じなかった揺れも、食堂車に向かう途中はさすがに実感した。貨物線の線路を使っているからだろうか。

私たちの乗っている六号車の隣、七号車が食堂車になっていた。扉を開けると、先ほどの車掌が女性スタッフに話をしている。おそらく、私たちの予約のことだろう。

すぐにスタッフが私たちを認めほほ笑むと、スムーズな動きで近づいてくる。花柄のエプロンに身を包み、髪をひとつにまとめた女性が頭を下げた。

「お客様、今回はご予約ありがとうございます」

「予約って言ったって、今したばっかりなのよ。あたしなんでも思ったらすぐ行動しちゃうの。急でごめんなさいね」

もう女言葉をはばかろうともしない健太を見てもさすがはプロ、動じることなくすぐ側のふたり掛けのテーブルを五本の指を揃えて示した。

「こちらのお席でよろしいでしょうか？」

「はいはい。どっこいしょ」

すぐさま座る健太につられて私も腰をおろす。部屋とは反対側の風景にはまだ空一面の夕焼けが赤く広がっていた。

「お食事はコースのみとなりますが？」

「ええ、それでいいわ。赤ワインもね」

「かしこまりました」

赤ワインを選んでいる健太の向こうには、何組かの旅行者が食事をしていた。まだ早い時間というのに半分以上の席が埋まっている。

コース料理というからには高いのだろう。若い人の姿はほとんどなく、熟年夫婦が大半を占めている。テーブルに置かれたメニュー表で値段を見ようとするが、あえなく健太に取りあげられてしまった。

テーブルのクロスも夕焼けに薄く染まっている。昼間は会社にいたのに、今は深夜特急に乗っているなんて不思議だ。

「みんなこれから札幌に向かうんだね」

車内を見渡す私に健太は首をかしげた。

「そうとも限らないわよ」

「なんで？　この電車は札幌行きでしょう？」

「最終地はね。さっき大阪に停まったでしょ？　ほかにも浜松とか上野にも停車するから、そこで乗ったり降りたりする人がいるのよ。新幹線の方が早いんだろうけど、旅情を味わうってやつね」

「ふうん」

私には分からないけれど、熟年夫婦ともなると早さよりもそういう風情のようなものを求めるのかも。私みたいに、今の場所にいたくないから早く出発した、という人はいないのだろうな。同じ電車に乗っているのに、自分だけが違うグループのような疎外感を覚える。

健太はテーブルの上に肘を乗せ両手を組むと、その上にあごを置いた。

「上野の先からは、さらにたくさんの駅に停まるのよ。停車時間が長い駅ではホームに出て写真を撮ったりもできるの」

「へぇ」

「へぇ、ってあなた」

感心する私に健太が眉をひそめる。

「どこに停まるかも調べずに乗車したの？」

「だって、急に決めたから。実は、明日の昼に札幌に到着するってことしか知らないんだよね」

　健太はおかしそうに声を出して笑うと、

「ほんっと、おもしろい子ねぇ」

　と白い歯を見せた。

「だから同い年だってば」

　そうこうするうちに赤ワインと前菜が運ばれてきた。目の前でグラスにそそがれるワイン。前菜は『鯛のカルパッチョとタコのカラスミソース』とスタッフが説明してくれた。

「さ、琴葉。グラス持って」

　言われるがままグラスを目の前に持ってくる。

　健太は軽くうなずき、唇を舐めてから斜め上あたりを見やった。そして目線を戻すと、

「いい旅になりますように」

　とグラスを差し出した。

「いい旅に」

とてもいい言葉だと思った。私は旅をしているんだ、と改めて実感することができ、私も笑みを浮かべて乾杯した。

前菜はきちんとお皿まで冷えていて、魚の甘さが口に広がった。タコもやわらかく、普段食べているものとの差に驚く。

「でさ、さっきの話の続きだけど。停車駅の話」

置いてあるナイフやフォークは使わず、お箸で食べながら健太が言った。

「うん、どうぞ」

ワインは気持ちを大きくする。今日知り合ったばかりなのにすっかり心のガードは取れていた。

「上野から先もね、たくさんの駅に停まるの。大きい駅だと宇都宮とか、郡山、それに仙台にも。北海道に入ってからも函館やら室蘭とか……まあとにかく神戸から始まって札幌までに二十くらいの駅には停まるわよ」

神戸から直で札幌まで行くと思っていたけれど、確かにそれでは乗車率に響くだろう。

「まるで時間旅行をするように、停車するたび風景が変わっているの。夜中でも窓のカーテンを開けて駅名を確認するの。少しずつ札幌に近づいて来ているのが分かって、ほんっとドキドキしたものよ」

なつかしそうな顔で健太が言った。

「健太はこの『ドリーム』に乗るのは初めてじゃないの？」

「あら、言ってなかったかしら。もう十回以上は乗っているのよ」

なぜか少し恥ずかしそうに健太ははにかんだ。初めて見る表情に戸惑ってしまう。

「じゃあ、大先輩じゃない。いろいろ教えてね」

「教えるもなにも、乗っていれば札幌に到着するわよ」

ワインを飲み干すと、大きく息をついて健太は私を見た。

「でもまあ、一応教えておくわね。この電車は十一両あるの。先頭のほうは高い個室。途中に荷物専用の車両があって、ここの食堂車。続いて私たちのいる四人一室の部屋ね。その奥はバーがあったり、歓談室があるわ。で、リーズナブルな個室に続く。深夜特急は、動くホテルみたいなものなのよ」

動くホテル、という言葉がしっくりくる。旅人を乗せ北上する移動ホテル。目が覚めれば目的地に到着しているなんて魅力的だ。

「昔は深夜特急がたくさんあったらしいけどね。今の日本じゃのんびり時間を楽しむなんてこと少なくなったんじゃないかしら。コロナ禍で本数がさらに減ったから、神戸発の乗車券はなかなか買えないのよね」

　その言いかたがなんだか笑える。

「ふふ。昔の人が現世を嘆いているみたい」

「まぁ、失礼ね」

　唇を尖らせた健太が慣れた手つきでワインの追加を頼む。サラダもメインのステーキも、まるでレストランで食べているみたいだけれど、違うのは足元から揺れが伝わってくること。

　それでも不思議なもので、食事が進むにつれ気にならなくなってくる。人間は環境に慣れる、ってことか。

「ねぇ、健太はいつも四人部屋を予約しているの？」

　ほんのり赤い顔の健太が首をかしげる。ちょっとかわいく見えるのは、私も酔っているせいだろう。

「まぁそうね。一回だけ個室の安いので行ってみたんだけど、なんだか圧迫感があってね。しゃべる人もいないからつまんないし。で、それ以来四人部屋にしてるの」

「私も個室だとばかり思っていたんだけど、今となっては相部屋に感謝」

「あら、安心するのはまだ早いわよ」

不敵な笑みを浮かべて顔を近づけてくる。

「あとふたりいるんだから、どんな人が乗ってくるか分からないわ。同乗者次第で旅は大きく変わるの」

必要もないだろうに、ヒソヒソ声で健太は言った。

「そういうものなの？」

「そういうものなの！」

デザートのイチゴを頬張りながら、健太は続ける。

「さっき名古屋（なごや）を過ぎたでしょう？」

「えっ、もう？」

確かにコースの料理をゆっくり食べていたから、いつの間にか時間が過ぎたのかも。

「ひょっとしたらもう誰か、あの部屋にいるかもよ」

「そういう可能性もあるんだね。でも、嫌な人なら話さなきゃいいでしょう？」

無理して話す必要もないんだし、さほど影響しないような気がした。

「甘い、甘いわよ琴葉」

人差し指をこっちに向けてきた。

「ちょっと、人のことを指ささないでよ」

「失礼。でも、乗客次第で札幌までの旅は大きく変わるんだから。前回乗った時なんて、みんなで仲良く話してたら上野から乗って来たババアが『静かにしてくださいい！　眠れないじゃないですか！』ってヒステリー起こしてさ。ああもう！　最悪だったわ」

よほど苦い思い出なのだろう、これ以上ないくらい眉間にシワを寄せている。

「そんなに遅くまでしゃべってたの？」

「あら、言ってなかったかしら？　あたし、電車だと眠れないのよ。一睡もできないの。朝までしゃべってるしかないのよねぇ」

「え？」

「だから、今回も徹夜で付き合ってもらうつもりだからよろしくね」

優雅にほほ笑むと、健太は乾杯よろしくグラスを持ちあげてみせた。

「ちょっと、徹夜なんて聞いてないよ」

狭い通路の前をゆく健太に言う。

「大丈夫よ」

「なにが大丈夫なのか分かんないんですけど」

「どんな夜を過ごしたって、誰にでも平等に朝がまた来るんだから」

健太は揺れてるからか、酔っているからなのかフラフラしている。その背中を見ていると、全然似ていないのに海斗を思い出した。

海斗と初めてふたりっきりでバーに行った夜、たしかに告白される予感はあった。青い照明で満たされたバーの窓からは、神戸の港が見下ろせた。慣れた風に海斗はお酒を頼んでいたけれど、あとで聞いたところによると初めての店だったらしい。

照明のせいで何色かよく分からないカクテルを私たちは何杯か飲んだ。彼は会社の話や、札幌の話ばかりしていた。時折訪れる沈黙を埋めるように私も話をした。大事な話があるのに、はぐらかされている気分だった。

いい加減酔っぱらったあと、会計を済ませフラフラになりエレベーターに乗り込んだ。海斗はエレベーターのなかで背中を向けたままボタンを押さずに立っていた。ドアが閉まりそうになるとボタンを押して開く。そのくり返し。

『酔っぱらってるの？』

尋ねる私に甘い声で『そうかも』と笑った。

フラフラと体を揺らせるうしろ姿に、思わず『好きです』と言っていた。『俺も』と口にする海斗のことをずるい人だと思ったけれど、幸せな気分のほうが大きかった。

恋のスタートボタンを押したのは、私のほうだった。


いつの間にか部屋のドアの前まで来ていた。

「鍵がないわ」とポケットを探す健太に、思い出の上映を止めた。

「ほら、どいて」

自分の鍵を差し込もうとして気づく。ドアが少し開いていたのだ。健太も気づいたのだろう、ニヤリと不敵な笑みを浮かべるとノックもせずにドアを開けた。

「お邪魔しま――」

そう言う健太の声が途中で途切れ、動きが止まった。不思議に思って後ろから室内を覗き込む。

四人掛けのソファに四十代くらいの女性が座り泣いている。ドラマのワンシーンみたいにハンカチを目に当てて、悲し気に肩を震わせ嗚咽を漏らしている。

「す、ずびばぜん……」

私たちに気づいたものの、急に涙が止まらない様子。

「これは、おもしろい仲間が増えたわね」

健太が意地悪く笑うので黙って背中を押した。

女性の向かい側に私と健太が腰をおろし、向かい合うような恰好になった。女性は下を向いて涙を拭いている。見ると涙で流れたマスカラが、目の周りを黒くしていた。失礼だが、パンダみたいでおもしろい顔になっている。

「あたし、健太。んで、こっちが琴葉」

「指ささないで、って言ってるでしょ。はじめまして、琴葉です」

「…………」

しゃくりあげながら、女性は何度もうなずいている。

「落ち着いたら名前聞かせてね。苗字はいいから、覚えられないし」

さっき言ったことを繰り返すと、健太は電子タバコのスイッチを入れた。

「ちょっと、化粧室に行ってきます」

女性は小さなバッグを手に部屋を出て行った。またおもしろがっているんじゃないか、と健太の顔を見ると意外にも真剣な顔で閉まった扉を見ていた。

「よほどのことね」

白い煙を吐きながらつぶやくと、健太は目を閉じた。

「あの泣きかた、よほどの悲しみよ。辛い出来事が起きて潰されそうになると、人はああいう泣きかたになるのよ」

「そうなの？」

「体の内側からぐわーって込みあげてくる悲しみに吐くように泣いたこと、琴葉はないわけ？」

「ない、かな」

そういえば、最後に泣いたのはいつだろう？　幼少期に一気にさかのぼろうとする記憶にストップをかけた。そんなに昔の話じゃない。映画を観て泣いたりとか、音楽を聴いて泣いたことだってある。でも、タイトルも内容も思い出せない。

「あたしなんて泣いてばかりなのに」

お気楽ね、とでも言いたいのだろうか。反論しようと口を開きかけ、やっぱりやめた。今はあの女性が心配だ。同じ部屋、というだけで『なんとかしてあげたい』という気持ちが起きるのが不思議だった。

女性はしばらく戻ってこなかったが、やがて恐る恐る扉を開け入ってきた。

「先ほどはすみませんでした」

メイクを直したのだろう、マスカラが滲んでいた顔がさっぱりしている。年齢は三十代後半くらいだろうか。眉がハの字に下がっていて、髪は肩にかかるくらいで毛先はくせがあるのか跳ねている。

「いいのよ。ほら、座って」

健太があごでソファを指すと、女性は目をまん丸くしながらストンと座った。健太の女性言葉に改めて驚いているのだろう。

「もう一回自己紹介ね。あたしの名前は健太」

「琴葉です」

今度こそ先に言われないように私は名乗った。

「博子(ひろこ)です」

「博子、ね。よろしく。この部屋ではお互いを名前で呼び捨てっていうルールがあるの。だから博子も私たちを呼び捨てにしてちょうだい」

まだ状況が呑み込めないのだろう、戸惑い気味に博子はうなずいた。大体、ルールって言っても健太が勝手に決めているだけなのだが。

「あ、あの失礼だったらごめんなさい」

博子が上目遣いで健太を見た。うん、そりゃその質問だよね。

「あの、健太さん……健太は——」

「あたしはオカマじゃないの。ゲイなの」

こちらも言われる前に言ったようだ。

「ああ、なるほど」

少しだけ博子の表情が緩むのを見て不思議な気持ちになった。まるで暗号が解けたみたいにうれしそうな顔。だけど、まだ悲しみがへばりついている。

「すぐに慣れますからね」

私の言葉に、今度こそ博子はニッコリ笑った。

「はい。なんだか楽しそう」

「せっかく一緒になったんだから、博子のことを教えてよ」

健太って人は、変わった人だと改めて思った。初対面でこうもズケズケと人の心に入り込んで来る人もいないだろう。普通なら怒られてもおかしくない。

世の中にはこんな風に壁を感じさせない人っている。取っつきやすい人は人気者だし、すぐに名前や顔を覚えてもらえる。昔はうらやましいと思ったけれど、目立つということは批判にもさらされるわけで。

きょとんとしている博子が急に視線を落とすのを見て、彼女も私と同じ部類なのかも、と思った。

「私のことは、そんな、別に、なにも」

しどろもどろに答える博子に、健太は人差し指を向けた。

「なにもないわけがないでしょ。さっきの涙の理由を聞かせてよ」

ハッと息を呑んだ博子の瞳が一瞬で潤んだ。

「ダメだよ」

ドンと肘で健太の横腹を押した。

「痛いわね。何するのよ！」

「まだ知り合ったばかりなのに失礼だ、って言ってるのよ。急に失礼ですよね」

最後の言葉を博子へ向けると、彼女はあいまいにうなずいた。

「す、すみません。私……」

洟をすすった博子が目頭をハンカチで押さえる。ハンカチはさっきの涙でくしゃくしゃになっていた。

涙とたたかっている博子を見ていると、胸の奥がざわざわとした。悲しみは、人に伝染するものなのかもしれない。

「嫌なら無理にとは言わないわ。でも、腹を割って人に話すことでラクになったり落ち着くこともあるのよ」

スナックのママよろしく、健太は菩薩のようなほほ笑みを浮かべた。それでもしばらく博子は迷ったように窓の外に目を向けた。もう暗い窓の外には街の明かりが流れ星のように通り過ぎている。

私は、誰かに話をすること、ってあんまりしたことがない。菜摘にだって今日初めてきちんと話をしたくらいだし、そういえば子供のころから腹を割って話ができる友達っていなかったな。

「腹を割る、ってヘンな言葉だね」

するりとこぼれた言葉に、健太がすごく不細工に顔をしかめた。

「なによそれ。今言うことじゃないでしょう」

そう言ってから健太は「でも」と続けた。

「たしかに大袈裟な言葉よね。腹を割るなんて物騒だわ」

「でしょう。もう少しかわいい言葉にするべきだよね。本心を取り出す、とか、正直度を上げるとか」

視界の端に映る博子の表情が柔らかくなるのが分かった。

「そうですね」

　博子がうなずいた。

「私も、本心を取り出してみます」

「強要したわけじゃないからね」

　冗談めかす健太につられ、博子も白い歯を見せた。

「大丈夫です。このままじゃ、暗い気持ちで函館に向かうことになるから」

　博子の目的地は函館なんだ。同じ北海道でも札幌とは随分離れている。

「そもそも、博子はどうして函館に行くの？」

　健太が尋ねる。

「実家があるんです」

「博子は函館の実家に帰るところなのね」

　今度はカウンセラーのように反芻してから健太が身を乗り出した。

「あのね、あたし、人の考えていることが分かるの。といっても超能力とかじゃなくってただの勘なんだけど、これが結構当たるのよ。失礼だと思うけどズバリ聞くわよ。博子は離婚して実家に戻るところでしょう？」

　思わずずっこけそうになる。よくそんなことが聞けるものだ。しかし、博子は全否定するわけでもなく、あいまいにうなずいた。

「いえ……離婚ではなく別居です。しばらく離れて暮らすことになり、実家に戻ることにしたんです」

　つらそうに言葉を落とした博子に、私はなにも言えず視線を落とした。健太も口を開かない。

「私、十五年前に結婚して名古屋に来たんです。それまでは千葉に住んでいました」

「へぇ」

　まるで興味がないように健太は口を開いた。自分から聞いておいて不思議な人だ。博子はしばらく間をとってから続けた。

「二十二歳でした。今は三十七歳だから十五年経っているんですよね」

　自分に語り掛けるような口調で博子は言った。さっきはもう少し上に見えていたけれど、化粧を直した顔は確かにそれくらいの年齢に見えた。

「浮気？」

　健太の質問に、博子は一瞬なんのことか分からないように戸惑いを顔に浮かべた。ようやく意味が分かったのか、ふにゃりと笑う。

「あ、いいえ。そういうのではありません。主人はやさしい人です。そんなことをする人じゃありません」

「浮気じゃないとすると……借金とか？」

「いえいえ」

またしても手を振る。

「健太、最後まで聞きなさいよ」

見かねて注意すると、健太はつまらなさそうな顔をした。

「でもおかしいじゃないの。浮気もしない、借金もしないようなやさしい人となんで別居するのよ」

「あ、あの……違うんです。私が、私が悪いんです」

かすれた声が涙色に変わった。

「ずっと、ずっと……主人に対して罪悪感を持ったまま結婚生活を送ってきました。それに耐えられなくなったんです」

静かに今、涙がこぼれ落ちるのを見た。空調の音とレールを走る音が聞こえる。

博子は肩で大きくため息をつくと、

「子供ができなかったんです」

静かに言った。まるで怒られている子供みたいに肩をすぼめている。

思ってもいなかった別居の理由。なにか聞いてみたいけれど、どんな言葉も安く上滑りしていきそうで、うなずくのが精いっぱい。健太は電子タバコをくわえ、白煙を宙に逃がした。

「主人はやさしいから、『子供なんていらない』ってそう言うんです。でも、結婚生活が長ければ分かるんです。彼が子供好きってことも、彼の両親から孫を催促されていることも」

「なるほどね」

鼻から煙を吐く健太の口調は、さっきよりも丸く耳に届いた。

「検査もしたし、もちろん治療も。出来ることはやりました。でも、どうしてもできないんです」

「それで別居することに？」

「私は離婚したいと言いました。でも、彼が首を縦に振ってくれなくて……。それでとりあえず別居することに」

と、博子はため息交じりに答えた。

「どうして好きなのに別れるんですか？」

思わず聞いてしまった。博子は私を見ると、少し自嘲気味に笑う。こんな時なのに、それが美しく見えた。

「彼は私より二歳上、つまり三十九歳。再婚して子供を持つ家庭を作るなら今しかないような気がしたんです」

「で、旦那はなんて？」

健太が尋ねた。ゆるゆると博子は首を振る。

「主人は『離婚は絶対にしない。子供にこだわるな』と……。でも、どうしても一度離れたかったんです。主人の考えも変わるかもしれない、って」

「それで黙って出てきたってわけ？」

健太の声に博子はハッとしたような表情をした。そのままゆるゆると健太を見た。

「どうしてそれを？」

「やっぱりね。別居って言っても博子が勝手に決めて、それでも反対されたから飛び出して来たんでしょう？」

「なんで分かるの？」

思わず尋ねていた。そんなこと博子はひと言も言ってなかったのに。

健太は「簡単じゃない」と、博子を胸元あたりを指さした。指をさすのが彼の悪い癖なのかもしれない。

「それ、普段着でしょう。いくら別居とはいえ、長距離を旅するんだから、普通はもう少し外行きの服を選ぶものよ。もしくは、致命的なセンスの持ち主なのかしらね」

長袖のセーターにジーパン姿の博子。軽装と言えばその通りかもしれない。

「ていうか、あれ見てよ」

そう言われて博子の座るソファの横にある荷物を見た。近所に買い物に行くかのようなトートバッグがあるだけだった。

「いくらなんでも荷物が少なすぎ。てことは、なにかあって飛び出して来たって容易に分かるわよ」

「すごい……」

博子は恥じるように自分の服装を見やった。私も正直健太を見直してもいいと思っている。見た目だけでそこまで分かるなんて、観察力に長けているとしか言いようがない。

「でも、不思議なのよね」

ぽつりと健太が言う。

「不思議？」

そう尋ねると、健太はゆっくりうなずいた。

「じゃあ、なんで泣いていたの？」

その言葉に博子が表情を固くするのを見た。

「自分の意志で家を出たわけでしょう？　望みが叶ったんだから、普通はホッとするもんでしょ。でも、号泣してた」

「それは……」

博子が考えるように視線を巡らす。

「博子は本当は旦那と離れたくない。だから泣いていたんじゃないの？」

「そうかも、しれ、ません」

歯切れが悪い事に気づいたのか、「でも」と、博子が語気を強くした。

「私にはそうするしかなかった。あのまま、一緒になんて暮らせなかったんです」

ふと、私も気づいた。

「博子さん」

「博子、ね」

訂正してくる健太を無視することにした。

「なんとなく私、分かるような気がします」

「あんたになにが分かるのよ」

茶々を入れてくる健太を横目で睨む。

「私もおんなじかもしれない。黙っていれば、行動を起こさなければ、そのまま過ぎてゆくかもしれない。でも、心の奥で『このままじゃいけない』ってそう思っているから、だから衝動的にこの電車に乗ったんですよね？」

そう、私も同じ。海斗とこのまま付き合っていくことはできたはず。でも、気づいちゃったから……。問題が提起されている日々の中、答えがない状況に耐えられなくなったから、こうして行動に出たんだ。

「琴葉さん……」

博子が涙を浮かべた目で私を見たと同時に、健太が「ああ、もう！」と叫んだ。

「このなかでは呼び捨てにするの！　これは絶対のルールなの！」

「なんでそんなことにこだわるのよ。初めて会った人を呼び捨てになんてできないでしょ」

抗議しても健太は聞く耳なし。

「それでもするの。あたしたちはこの列車でたった一度だけ会えた。年齢も性別も越え、ここでは本音で話をするの。で、下車したら忘れる。だからこそ、対等な立場でお話がしたいの」

よく分からない理屈だったけれど酔っているせいか気圧されたのかうなずいてしまう。健太は続きを促すように体ごと博子に向けた。

「そういうことで続きを話してちょうだい」

大きくまばたきをしたあと、博子はうつむいた。

「……琴葉、の言うとおりかもしれません。家を飛び出して、でももう飛行機にも乗れなくって、そしたらたまたまこの電車にキャンセルが出ていることを駅の窓口で教えてもらったんです」

やっぱり私たちは似ている、と思った。急に親しい存在に思えてきた。

「私も札幌に行くの。でも、それからどうしようかなんて全然考えてなくって……。でも、答えを見つけなきゃ、って思ってる」

「同じ、ですね」

そう言って笑う彼女の笑みは悲しい。私もこんな笑みを浮かべているのだろうか。恋ってなんでこんなに感情を揺さぶるのだろう。

博子は「でも」と首をかしげた。

「不思議なんです。健太さん……健太が言っていたように、なんであんなに泣けるのでしょうか？」

「それはまだ好きだからよ」

言い捨てる健太。

「好きだから泣けるの？　きちんと説明してよ」

助け舟を出す私に健太は眉をしかめた。まるで簡単な計算問題が分からないことを責めているような目だ。

「家から飛び出して、すがるようにこの電車に飛び乗ったんでしょう？　でも愛する心は旦那のもとにある。好きで仕方ないけどどうしようもない。どんどん北上してゆく電車の中、心が悲鳴をあげているの」

「悲鳴って」

大げさな、って感じで笑うけど、健太も博子も真面目な顔をしているのですぐに表情を戻した。

「……やっぱり、好きなんですね」

博子があきらめたような表情になる。

「そうよ。でも逃げ出したかった気持ちもある。こういう時はどうしようもないの。

一旦離れれば自然に答えは出るわよ」

「ええ？　そんな簡単なものなの？」

急に突き放す健太に私は異を唱えた。散々語らせておいて、離れることが正解なんてことある？

両腕を組んだポーズで健太は肩をすくめた。

「こういう場面では、『家に戻ったほうがいい』なんてアドバイスする人っているじゃない？　そんなのは偽善。今、家に戻ってもなんの解決もしない」

「でも、旦那さん心配してるよ。好き同士なのにどうして離れなくちゃいけないの？」

食い下がりながら頭の隅に海斗の顔が浮かんでいる。離れることでダメになっていく恋もあるから。

「たかが恋や愛よ。そんなものは所詮思い込み。好きとか嫌いなんて感情は、どうやったって形にはできないでしょ。それが見えなくなるから人は混乱するわけ。自分の気持ちが見えなくなったなら、一旦ズームアウトしてみるのが鉄則じゃないの。アップでは見えなかった景色は、引きで見ると一目瞭然。分かったらまた近寄ればいいんだから」

「ああ」博子が感心したような声を出した。

「なんだか、それってすごくスッキリする答えかも」

「ふん。いいじゃない、これからいっぱい話をしてから決めれば。話すとラクになるでしょう?」

博子は、なにかに気づいたように片手を口に当てると、

「ごめんなさい。私ばっかりしゃべってました」

と、言った。

「今さらなに言ってるのよ。いいじゃない、こういうの。あなたの気持ちが堕ちるところまで堕ちたら、あたしたちが救ってあげるから、安心して堕ちちゃえばいいのよ」

まんざらでもなさそうに笑う。私もうなずいた。

「健太の言う通りかも。博子の話を聞いていて、私もなんだか気持ちが落ち着いてきました」

「なんだか……。すごくうれしいです。ありがとう」

そのほほ笑みには、まだ悲しみが浮かんでいるように見えた。

アナウンスが浜松駅に到着したことを知らせる。神戸を出発して数時間、もう静岡県なんて早い。

窓の外には藍色の空より濃い色の海が広がっている。秒ごとに暗くなる空に、海との境目はだんだんとぼやけていくみたい。

こんな風に夜へ変わりゆく世界を眺めるのは、初めての経験かもしれない。子供のころから積極的じゃなかった。クラスで騒いでいる子を遠くで眺めては一緒に小さく笑う。先生に怒られることは少ない反面、クラスの輪のはしっこにぶら下がっているような性格。社会人になってからも同じで、受け身ばかりがうまくなっている。

そんな私が、衝動的に札幌に行こうとしているなんて不思議。窓に浮かぶ自分の顔から目を逸らし、ため息を呑み込んだ。

「すごい、太平洋が広がっているね。久しぶりに海を見ちゃった」

無理してはしゃげば、すかさず健太が冷たい視線を送ってくる。

「海は反対側。これは浜名湖っていう湖よ」

「まだまだ旅は長いですね」

博子も会話に入ってくる余裕が出てきているようだ。少し安心。

大きな街じゃない限り、外の景色は見えなくなるだろう。深夜特急だから当たり前なのだが、景色が見えなくなるのは少し残念な気もする。

突然、ポンと健太が両手を合わせた。

「せっかくだからラウンジに行ってみない？」

「ラウンジ？」

私と博子の声がハモる。

「食堂車の向こうにラウンジがあるの。お酒が飲めるバーって感じの。えっと……今は七時。まだ時間も早いから空いてると思うわ」

「まだ飲む気なの？」

さっきあれだけワインを飲んでいたというのに。眉をひそめる私にもなんのその。

「あら、いいじゃない。静岡県って横に長いでしょう。抜けるまではまだまだ時間があるわよ。お酒を飲みながら語るのも大人っぽくていいじゃない」

そう言うやいなや、サッと健太は立ち上がった。ドアの前まで行くと、黙って私たちを見てくる。

「はいはい、行けばいいんでしょう。強引なんだから」

文句を言いながらも悪い気はしない。だんだんと健太のペースにも慣れてきたってことかも。博子も素直に財布を手に持つと立ち上がる。

先ほどの食堂車を抜けると、バーのような車両があった。両方の窓側に細長いテーブルがあり、スツールが並んでいる。奥にはバーカウンターがあり、そこでお酒を作っているらしい。ブルーの照明が灯り、他の客車と違い大人な雰囲気だ。

健太の言う通り、お客さんはひと組しかいなかった。堂々と真んなかの席に腰をおろす健太の両隣に私と博子が座った。すぐに紺の制服に身を包んだ若い男性がメニューを持ってきてくれた。

「あんまりジロジロ見ないの」

去ってゆくスタッフを見つめる健太に言う。

「かわいいじゃないのー。見てよ、あのキュッと締まったお尻」

フフンと笑いながらも視線は外さない健太がおっさんに見えてくる。

「さ、みんなも飲みなさい」

名残惜しそうにこっちを向くと、健太はラミネートされた小型のメニュー表を渡してきた。

「私はソフトドリンクでお願いします。お酒、飲めないんです」

博子が『オレンジジュース』と書かれた文字を指さす。

「それはだめよ。女子会ではお酒は必需品よ」

いつから女子会になったのやら。

「え、でも……何年も飲んでないんですけど」

「あなた、これから変わるんでしょう。たくさん考えなきゃならないじゃないの。お酒の力も必要よ」

先生に教えをもらったように博子が大きくうなずいた。

「そうですね。新しいことにチャレンジしてみるのもいいかもしれません。それじゃあ、私はモスコミュールにします」

「それでいいのよ」

お母さんのように目じりを下げ、子供である博子を見る健太。ひとりの人間がいろんな役を演じているようで興味深い。

お酒が運ばれてくると、誰ともなくグラスを持ち上げる。今日二回目の乾杯だ。

「あたしたちの旅に」

健太の声に私と博子も合わせる。

「私たちの旅に」

軽くグラスを合わせ、喉に流す。私が頼んだのはまたしてもワイン。机の上に丸い穴があり、そこにグラスを置くようになっている。転倒防止のアイデアなのだろう。

浜松市街はすでに夜の景色。街の明かりを見ながらどんどんと列車は私たちを北海道へと運ぶ。時折見える街の光はまるで流れ星。

結局、海斗にもメールしていないままだ。ああ、そういえば離れてすぐの頃は、仕事から戻るとお互いに連絡し合っていたっけ。いつからやらなくなったのだろう。最初は海斗からの連絡の頻度が低くなり、私も同じようになっていった。

彼はその日あったくだらないことを電話やメッセージに書いてくれていた。私は仕事であったことが大半で、契約が取れるたびに褒めてほしくて長いメールを送ってしまっていた。彼にとって元職場でのことを書くなんて私こそデリカシーがなかったとも思う。深夜特急で自分を見つめ直せば、分かることもあるんだな……。

「浮かない顔して。そんなに心配なの？」

横目で尋ねる健太に、力なくグラスを置く。

「心配どころか恐怖すら感じてる。約束もしてないのに恋人に会いに行くんだから」

「え？　そうなんですか？」

向こうから博子が目を見開いて私を見た。

「博子と同じで、私も衝動的にこの電車に飛び乗ったの」

これまでの経緯を話しながら不思議な感覚があった。昼間に決めたこの旅を実行していることが、夢のなかの出来事みたいに思えた。

神戸に就職で出てきたところから話したものだから、話終わる頃には熱海まで来ていた。

それにしても不思議だ。人に自分のことを話していると、急に全てが客観的に見えてくる。さっき健太が言っていた『近寄りすぎたら見えないからズームアウトする』というのも一理あるのかもしれない。

私は、まだ海斗が好きだ。疑う気持ちを育てているのは紛れもなく自分自身であり、彼にそんな事実はないのかもしれない。だとしたらこの旅は、正しい選択だった気がしている。

博子は深く首を上下に振ると、

「でも、その気持ち分かります」

と言ってくれた。

「札幌に行ってどうなるんだろう、って不安だけど、きっとうまくいくはず。願いにも似ている感情なんだよね」

　ワインを揺らしながら言う。赤い液体が揺れに合わせ、波のようにざぶんざぶん。

「ま、行けば分かるわよ」

　そう言う健太に私は視線を送る。

「健太はどうなの？」

「なにがよ」

「なんのために札幌に行くのか、健太だけ言ってないじゃない」

「そんなのあんたに関係ないじゃないの」

　プイッとわざとらしく顔をそむける。

「大体さ、深夜特急に十回以上も乗車しているんでしょう？　そんなに札幌に用事があるの？」

　赤ら顔の博子が健太を覗き込み、

「ひょっとしてお仕事とか？」

　と小首をかしげた。

「あ、そうそう。仕事なのよね」

「嘘」

間髪容れずに突っ込む。

「なんで嘘って決めつけるのよ」

「仕事ならそんな恰好してないでしょ。ていうか、そもそも健太はなんの仕事をしているの？」

グッと言葉に詰まった健太は、私と博子をキョロキョロと見回していたが、

「もう、分かったわよ。言うわよ」

と、降参のポーズをした。

しばらくの沈黙のあと口を開いた健太の顔からは笑みは消えていた。

「あたしも恋人に会うために札幌へ行ってるの」

「そうなの？」

「それって男性ですか？」

無邪気に博子が尋ねる。

「当たり前じゃない。女なわけないでしょ」

健太と話していると、自分の常識がそうでないことを知る。それでも、同じ目的だと知りうれしくなってしまう。

「なぁんだ。健太も私と一緒なんだ」

「ちょ、違うわよ。うちはラブラブなの。あんたとは全然違う」

『違う』を二回重ねて否定してくる健太。

「どんな人？　なにやってる人なの？」

「言わないわよ。あんたには関係ないじゃないの。ちょっと、これおかわり！」

大声でウェイターに注文する健太は、どう見ても焦っている。

「えー」博子が急に甘えたような声を出した。

「健太、それってなくない？　うちらのことたくさん聞いておいてさぁ。それってなくない？」

「博子、あんた……酔っぱらってない？」

もたれかかってくる博子から逃れ、健太は体を反らせる。

「ははは。酔っぱらってなんかないわよぉ。すっごく楽しい気分。で、健太のカレシってどんな人なのぉ？」

「――酔っぱらってるわね」

健太が博子のグラスを取りあげ渡してきた。まだ半分も飲んでないのに、お酒がダメってのは本当のことだったみたい。

「教えてくださいよぉ」

「ほら、言いなさいよ」

私も博子の援護射撃に加わった。たしかに健太個人のことは全然聞いてなかった。

健太はわざとらしく宙を仰いでみせると、「おもしろくもなんともない話よ」と前置きをした。

「一年前、札幌に初めて行った時に会ったの」

「続けたまえ」

甘い声で博子がカウンターに上半身を預けた。

「ゲイバーってのがあってね。ゲイだけが集まる飲み屋さんなの。そこのマスターが、彼だったの」

想像がついていかないが、とりあえずうなずいておいた。

「旅行の間ずっと通い詰めて、そのうち告白されたのよね。で、それからこうして会いにいってるのよ。それだけ」

そう言うと、新しく来たお酒をゴクゴクと飲む。意外にシャイなのかも。

「一年前に出会ったんだよね？　それで十回以上も、ってことは……月に一回以上は会いに行ってるわけ？」

「そうよ。悪い？」

「いや、悪くないけどさ」

「あたしの恋愛はあんたたちとは違うんだから。なんの不満もなく絶賛進行中」

切り上げ口調で締める健太に違和感を覚えたが、それがなにからくるものなのかは分からなかった。

「結局さぁ」

博子はもう軟体動物のようにふにゃふにゃだ。カウンターテーブルと一体化してしまいそう。

「私たちが旅をする理由ってさぁ、全部が愛のためなんだねぇ。ふふふ」

「ふふふ、じゃないわよ、気持ち悪い」

「でも、当たってるね。旅なんて、思いつきや衝動でできるものじゃないと思ってたけれど、実際やっちゃってるんだもん」

私の同意に、「にゃはは」と博子は笑った。健太が首を思いっきり横に振った。

「だから、あたしは違うんだってば。幸せまっただなかなんだからね」

あくまで健太は、私たちの仲間には入りたくないらしい。

暖房が心地よく、その分酔いを助長する。博子を真似して、ひんやりとした机に左の頬を当ててみる。気持ちよくて幸せな気分。

「あんたたち、それでも女子なの？　ピシッとしなさいよ」

そういう健太は背筋が伸びていて、まるで学校の先生みたい。

「健太から見てさ……」

まだ頬をくっつけたまま言ってみる。

「私の恋愛ってどう思う？」

「どうもこうも、他人がとやかく言うことじゃないでしょ」

にべもない返事。ふてくされた顔で黙っていると、「まぁ…」と私を見た。

「あたしの場合、初めから離れているから環境の変化ってないんだけどさ。琴葉の場合、初めは側にいたわけでしょう？　それが離れてしまうと、どうしてもこれまで伝わってた事柄も半分くらいしか伝わらなかったりすると思うのよね」

「あぁ、それすごく当たってる」

電話の声だけだと分かり合えないことが多い。伝えたい気持ちが届かないもどかしさ、逆に相手のひと言が凶器になり、静かに傷つくことも多かった。電話って、声は届けても、温度や気持ちは伝えてくれない。

鼻から息を吐いた健太はグラスについた滴をナプキンで拭き取る。

「信じるとか信じないとかって、結局自分の弱さかもしれないし、相手の傲慢からくるものかもしれない」

「うん」

すごく分かる。うなずいてから博子を見ると、すでに寝息をたてている。

「琴葉が相手を想う気持ちがあるなら、それを素直に伝えればいいだけのこと。誰がなんと思っても大丈夫。あなたが悩んでいるのは、『悪い予感が当たっていたらどうしよう』ってことでしょう？　そんなの会わなきゃ分からないし、不安ならそれに耐えうる装備をするのね」

「装備？」

もう、心理カウンセラーに話を聞いてもらっている気持ちだ。

「装備、ってのは心のこと。あなたが相手を想う気持ちが強ければ、たとえ、予感が当たっていてもショックは少ない。自分が好きならそれでいい、って思うのよ」

「フラれても？」

「そうよ」当たり前のように健太は言った。

「見返りを求めるから苦しくなるの。恋愛ってそうじゃない。初めは片想いからはじまって、ただ見ているだけで幸せだったのが、どんどん欲が出てくる。片想いの人が苦しくなってくるのは、相手に求めることが多くなるからよ。願望、っていうのかしらね」

「うん」

「恋愛で大事なのは相手が自分をどう想うかってことじゃなくって、自分が相手をどう想えるかよ。あたしに聞くよりも、自分で考えなさい」

　厳しい言葉とは裏腹に、健太はにっこり笑っている。

　自分がどう想うか、か……。窓の外に視線を移す。街の光はポツリポツリと見えるだけで闇が広がっていた。ガラスに映るのは自分の顔。

　私は海斗のことをどれくらい好きなのか……。そんなこと、考えたこともなかったな。

　また、告白されたときに行ったバーを思い出す。後日談で聞いたところによると、海斗はあの日のバーで私に告白をするつもりだったそうだ。

　決心がつく前に酔っぱらってしまい、エレベーターに乗り込んだ。しびれを切らし、告白したのは私のほう。

　今では笑い話になっているエピソードも、今夜はちょっと違って見えた。

　海斗はずるい人。そんな風に思えてしまう。

第三章　北緯三十六度　夜に紛れて

酔っぱらった博子をふたりで抱きかかえ部屋に戻るころには、電車は上野駅に到着していた。博子を取りあえずベッドに寝かせると、私たちはまたソファに腰を落ち着かせた。

上野駅には初めて来たが、思っていたよりも薄暗い雰囲気。物々しい、という言葉がしっくり来る。そのせいか、歩く人もどことなく悲しげに映る。悲しい曲を聴いていると、景色も悲しみ色に感じるのと同じ原理かもしれない。

五分程停車してから列車はアナウンスの音とともに再び走り出した。さすがは東京だけあって、ビルや街の光がまばゆいが、駅の雰囲気が影響してか、どこか寂しげな印象なのは変わらない。

「上野は昔ながらの駅。作りが複雑だから上京者が大抵迷うのよね」

懐かしむような瞳で健太が語る。さっきは先生のように見えていたけれど、今は東京に何十年も住んでいる老人みたい。

「出稼ぎに来た人たちが利用していた駅らしいから、感慨深げよね。到着した人、帰る人それぞれのドラマがあったのよねぇ。それってあたしたちには分からないくらい切なくて悲しくて、だけど希望もあるストーリーだったのよ、きっと」

「うん」

よく分からなかったがうなずいておいた。

「普段はなんの興味もないんだけど、上野に来ると自然に考えちゃうのよね」

「人の人生を?」

「考えたって分かりっこないのに、考えちゃう。あの駅の雰囲気がそうさせるのよ」

健太の声にかぶさるように重低音の規則正しい音が聞こえる。見ると、大きな口を開けて博子が寝ていた。いびきは車音に負けていない。

「次はどこに停まるの?」

「宇都宮ね」

「へぇ」

「へぇ、ってあんた、宇都宮が何県か分からないって言わないでよ?」

げ。バレてるし。てへへ、と笑う私にこれみよがしにため息をつく健太。

「宇都宮は栃木(とちぎ)県。それくらい覚えておきなさい」

「はーい」

答えたあと「お母さん」と続けそうになり慌てて口を閉じた。不思議なもので、すっかり健太との会話を楽しんでいる自分がいた。神戸から上野までは西から東への旅も、ここから本格的に北上することになる。

札幌へ行くことで私と海斗の間に、なにかしらの変化が生まれるだろう。よくなることを期待しながら、反面逃げ出したい気持ちもある。それでも電車は走り、海斗との距離は近づいていく。

バーで話をしたあと、自分の気持ちを見つめてみた。海斗のことを『ずるい』と思ったあと気づいたのは、それでも海斗が『好き』という気持ち。

健太は自分が好きならそれでいい、と言っていた。それってなんだか片想いみたいに感じる。

昔からなんでも答えを知りたがる子供だった。両親にしつこく質問ばかりするので、『一日三個まで』とたしなめられたことだってある。今思うと、当時はスマホでちょちょいと調べることもできない時代だったから、親も大変だっただろう。

この恋にも答えが欲しい。海斗が私をどう思っているのかを知りたい。とはいえ、会う勇気が出るかは別の問題だけど。

「またぼんやりして」

健太の声に我に返る。

「ちょっと酔っぱらっちゃったみたい」

言い訳をしてから部屋のなかを見渡す。

「上野からは誰も乗ってこなかったんだね」

宇都宮に間もなく到着するアナウンスが聞こえる。夜になりアナウンスのボリューム は小さく変更されていた。

「いい男ならうれしいけど、女子ばっかりはごめんよ」

「そんな偶然にイケメンなんて乗ってこないっしょ」

「イケメンじゃなくていいのよ。私はカレシひと筋だから」

健太が肩をすくめた瞬間、ガチャッとドアが開く音がした。見ると、入り口に女の子が大きなリュックを背負って立っている。長い髪をやや茶色に染めていて歳は中学生くらいに見える。

女の子は臆することなくじっとこっちを見ると口を結んだまま部屋に入って来た。

「あなた、迷子？　お父さんやお母さんは？」

健太が柔らかい口調で尋ねながら近づく。が、無視して女の子は彼の脇をすり抜けた。

「ここは違う部屋だと思うよ」

私も立ち上がり声をかけるが反応はなく、女の子は健太が座ってたソファに腰をどすんとおろした。

「あら、この子外国人？　言葉通じないみたい。困ったわ」

健太が困ったような顔で私を見た。いや、どう見ても日本人に見えるけど……。

「こんばんは。ひょっとして部屋が分からなくなったのかな？」

ほほ笑みを浮かべて女の子に話しかけてみる。女の子はチラッと私を見ると、めんどくさそうにため息をついた。

「うるさいよ、おばさん」

「え……？」

時間が止まる。思考がフリーズしそうになるのをこらえ、言われた意味を理解しようと努めた。そうこうしている間に隣の健太がひゅっと息を吸った。

「あんたなんてこと言うのよっ!!」

「おじさんもうるさい。静かにしてよ」

間髪容れずにそう言うと、女の子は体ごと窓のほうに向いてしまった。呆然としている間にも健太の顔は赤くなり、体が震え出している。これは……爆発寸前かも。

「と、取りあえず座ろう」

慌てて腕を引っ張り隣の席に座らせ、私も腰をおろす。健太は金魚が酸素を吸うがごとく口をパクパクしていて、目がこぼれそうなほど見開いていて怖い。

「ねぇ」

できるだけ優しい口調で女の子に話しかける。

「どうしてこの部屋に来たのかな？」

……無視。めげずに話す。

「迷子になったの？」

さらに無視。もう一度話そうと口を開きかけた時、隣の健太が咆哮をあげた。

「あんたっ、聞いてんなら返事しなさいよ！」

女の子がびっくりしたような顔をして健太を見た。

「ほら、耳は聞こえているじゃない。大人が話をしているのよ。ちゃんと質問に答えなさいよね！」

「オカマなんだ。きもーい」

軽蔑するような目をする女の子に健太は「はあ!?」と顔を近づける。

「あんたみたいな非常識な子より常識のあるオカマのほうがまだマシよ！　さっきからの態度はなんなのよ！」

今にもつかみかかりそうな健太をなんとか押し留めながら、『オカマじゃないって言ってなかったっけ？』と逆に冷静になる私。

「迷子かもしれないから車掌さん呼ぶ？」

健太にそう聞くと、女の子が初めて焦りを顔に浮かべた。

「なんでそんなことすんだよ」

ここぞとばかりに健太が負けずに叫ぶ。

「人の部屋に勝手に入ってきて偉そうにしてんじゃないわよっ。あんたなんかつまみ出してやるんだから！」

一瞬の沈黙。女の子はふてぶてしく、シャツのポケットからなにかを取り出しテーブルの上に投げた。

「切符ならあるから。私もここの部屋」

しわくちゃになった乗車券には、確かにこの部屋の番号が書いてあった。なんだ……ちゃんとした乗客だったんだ。

「分かったなら放っておいて。考えごとしたいから」

そう言い捨てると、ポケットからイヤホンを取り出し耳につけ、再び窓のほうへ体を向けた。

「……なんなの、この子は」

啞然としたまま健太が睨みつけるが、もう聞こえていないようで体を軽く揺らせている。

「中学生かな？　もしくは小学校の高学年とか？」

見た感じは幼く見える。化粧もしてないようだし。私の質問に健太は犬みたいにうなり声をあげた。

「どっちだっていいわよ。ああ、よりによって女三人と一緒だなんて！」

「なによ、それ」

「ひとりは失恋しそうで暗いし、もうひとりは酔っ払いだし、最後のひとりなんてまともに挨拶もできない子供！　ああ、不幸だわ」

「ひどい、暗くなんかないし」

ムキになって抗議するが、すっかりヒロイン気取りの健太は天を仰ぎ見ている。

部屋の照明を顔に浴びて満足したのか、すくっと立ち上がった。

「もういいわ。あたし、車内販売でお酒買ってくる。飲まなきゃやってらんないわ」

　言うや否や大股で出て行く。

「ちょ、ちょっと！　置いていかないでよ」

　声は虚しく閉まったドアに拒絶された。残されたのは、爆睡中の博子と目の前の不愛想な女の子。カタンカタンという列車の音だけがやけに大きく聞こえている。

「ねぇ、私は琴葉って言うの」

　少し大きな声で話しかけてみるが、女の子はこちらを見ることはなかった。聞こえていないのだろう。

　ため息をひとつ落とし、窓の外へ目をやる。黒色の風景のなかを時折街の光が流れてゆく。どこへ向かっているのだろうか。

　そうだ、海斗に連絡をしていない。スマホで時間を確認すると九時を過ぎている。そのまま画面を開き、メッセージアプリを起動させる。

　人差し指が宙で停止した。やっぱりどんなふうに伝えればいいのか分からない。そのままポケットにしまい、またため息。

　ふと、女の子が私を見ていることに気づいた。

「あ、あのね……」

最後まで言い終わらないうちにプイッと顔をそむけられる。ああ、先が思いやられるな……。

結局、健太が帰ってきたのは二十分も経ってから。両手に大量のお菓子とビールを抱えている。

「まいったわよ。車内販売の人、一号車にいるんだもん。歩いた歩いた」

「またすごい量を買ってきたんだね」

「食べていいわよ。あたしは飲むけどね」

早速ビールを開けて飲んでいる。

「まだお腹いっぱい。あとでもらうね」

そんな会話をしていると、急に女の子の腕が伸びて、ポテチの袋をつかんだ。そのまま袋を開けようとするのを、すごい勢いで健太が奪い返した。

「なにすんのさ。その人がいらないなら、私にくれたっていいじゃん！」

女の子が心外そうに言うが、健太が牙を剝きそうな顔をしていることに気づくと手を引っ込めた。

「それはこっちのセリフよ。勝手に盗るんじゃないわよ」

「ケチ。ちょっとくらいちょうだい」

再び伸ばしてくる手を健太がピシャリと叩いた。女の子のイヤホンが片方耳から落ちる。

「ケチで結構。あんたにあげるお菓子はないのよ。お生憎様」

「ひどい。暴力振るわれたんですけど。訴えてもいいんだからね」

「どうぞご勝手に。あたしは、略奪者から自分の物を守っただけ。つまり、正当防衛よ。欲しけりゃ自分で買ってくればいいでしょ」

「ちょっと健太」思わず仲裁に入る。

「あげればいいじゃない」

「まっ、琴葉までなによ！　あたしはねぇ、自己紹介もしないような一般常識のない人間が大っ嫌いなのよ。ポテチの一枚すらあげたくないわね」

漫画みたいにフンっと鼻息荒く宣言する健太は一気にビールを飲んでから女の子へズイと顔だけを前に出した。

「あたしだって見ず知らずの子にこんなこと言いたくないの。でもね、反抗期は家のなかだけにしてちょうだい。公共の場では礼節が大事なの。あたしの旅を邪魔するのだけは許さないからね」

女の子は唇を噛みしめて、しばらく私と健太を見ていたが、

「自己紹介すればもらえるの？」

と、さっきよりは幾分勢いのない声で言った。

「自己紹介ならポテチ二枚ってとこね。それ以降はこっちで決めるわ」

「なにそれ」

「いいから、名前を言いなさい」

女の子は、恨めしそうな顔で健太を見ていたが、やがて、

「こはる」

と、小さな声で言った。思ったよりもかわいらしい声だった。

「え？　聞こえない」

優位に立ったうれしさからか、健太が意地悪く聞き返す。

「だからぁ、心に季節の春で、心春（こはる）って名前だってば。耳、遠いんじゃないの？」

「何年生かも言いなさい」

「自己紹介したらくれるって言ったじゃん」

イヤホンを取った女の子が体を起こしてポテチを奪おうとするのを、健太が阻止する。なんだかじゃれ合っているみたいでおもしろい。

さすが男性だけあって、健太はポテチの袋を戦利品のように右手で高く掲げた。

「名前だけ言えばいいってもんじゃないの。自己紹介は文字通りあなた自身を紹介すること。いいから何年生か答えなさいよ」

「……中二」

やっぱり中学生だったか。健太がひとつうなずいた。

「あたしは健太。こっちが琴葉。ベッドでいびきかいてるのが博子。ここではお互いを名前の呼び捨てで呼び合うの。悔しいけど心春も呼び捨てでいいわよ」

「なにそれ。アホらし」

「嫌なら『健太さま』とでも呼んでちょうだい。それより、こんな時間に電車に乗ってどこに行くの？　明日も学校あるでしょ」

「別に」

「あ、そう」と、がガサゴソと健太はお菓子を集める。

「なら食べなきゃいいだけの話」

「……やなやつ」

心春は目線を右に向けて言葉を吐き捨てた。あんまりにもかわいそうだ。

「健太、もういいじゃん。あげなよ」

「イヤよ。絶対にイヤ」

まったく意固地なんだから。これじゃあどっちが子供なのか分からない。

「でも」と、なにか思いついた顔で健太が言う。

「あたし、分かるわよ。心春がどうしてこの電車に乗っているか」

出た。また鋭い洞察力。いぶかしげに心春が健太を見やった。

「おじさんに分かるわけないし」

「おじさんってのは余計。まずひとつ当ててあげるわ。さっき中学二年生って言ってたけど、それは四月からの話でしょう？　今はまだ一年生。どう？」

人差し指を立てる健太に、心春は眉をひそめた。

「そうだけど、似たようなもんでしょ」

強がる心春に健太はもう一本指を立てた。

「続いてふたつ目、あんた、家出してきたんでしょ」

驚いた。心春がキュッと口を閉じるからもっと驚く。

「どうして家出したって分かるの？」

思わず尋ねると、健太は自慢げに胸を張った。

「中学生がこんな時間に深夜特急に乗るってことはさ、明日の学校は行けないじゃやない？　荷物も家出っぽい大きなリュックでしょ」

言われてみれば、大きなリュックをしょっていた。心春は肯定とも否定ともつかない表情を浮かべている。

「さらに言うと、目的地があるのよね？　勢いのまま飛び出してきたけれど、その目的地に行くためには高めの深夜特急をとるしかなかった。それでお金を使い果たしてお腹が空いているんでしょう？」

名探偵が犯人を指すように、健太は立てた二本の指を心春へと向けた。

「心春ちゃん、あ、心春。本当なの？」

ふたりで心春を見つめると、彼女はあきらめたように肩の力を抜いた。

「まぁ……そんなとこ」

「やっぱり！　それでどこに向かうってわけ？」

予想が当たったことに嬉々としながら健太が尋ねる。

「それはお菓子もらってから。早くちょうだい」

手をパーの形で差し出す心春に、健太は「う」と言葉に詰まる。

「ちゃんと答えなさいよ」

渋々差し出したポテチを勢いよく破ると、心春は猛烈な勢いで食べ始めた。本当にお腹が空いていたらしい。

「旅は家出によく似ているわ」

健太が名言めいたことをつぶやいた。なにそれ、と思ったけれど、言い得て妙な気もする。博子や心春はそもそもの家出だとしても、私だって似たようなところだ。どちらもなにを得るのか、はたまたなにも得ず帰宅するのかは家に帰るまでは分からない。

「で、どこに行くわけ？」

「青森（あおもり）」

「なんで？」

「ジュース飲みたい」

「ぶ。あんたも相当図々しいわね。ほら、これ」

健太が差し出したのは、私ももらった健康ジュースだった。

「キモい。普通のにしてよ」

その気持ち、分かる。

「贅沢言わない。お肌にすっごくいいんだから。若いからって放っておくと、大人になってから後悔するわよ」

「意味分かんない」

そう言いながらも心春はジュースを一気に飲むと大きく息を吐いた。

「青森のさ、おばあちゃんの家に行くの」

幾分お腹が満たされたのか、心春はさっきまでとは違い棘のない声で言った。

「なるほど。家出して一番行きやすい場所がそこなんだね」

「そういうこと」

私も心春に聞いてみることにした。

「お母さんたち心配してるんじゃない？」

「してないよ。あいつら絶対にしてない」

語気を強める心春に、健太が眉をひそめる。

「こら、ご両親のこと『あいつら』なんて言っちゃダメ」

「おじさんには分かんないよ。うちの家庭事情なんて」

「健太って言いなさいよ。これでもまだ二十五歳なんだからっ」

「二十五って、マジでおっさんじゃん」

会話を聞いていると、このふたりがなんだか良いコンビに思えてくるから不思議だ。言い合いをしながらも、最初の時よりもふたりの声からは角が取れている。

「そもそも家出の原因はなんなの？」

私の質問に心春は唇を尖らせると、足をぶらんぶらんさせた。その年頃は確かに私にも反抗期があったらしい。そんなつもりはなかったのでよく覚えてはいないけれど、母親が未だに『あの時は大変だった』なんて言うからきっとそうなのだろう。

「テストの点が悪い、とかうるさいんだよね。で、だんだん言い合いになって最後は『出て行け』って言われたから出てきた」

健太があんぐり口を開けるのが見えた。

「そんな子供みたいなことが原因で家出したの？　もうちょっとマシな理由でしなさいよ。あ、まだ子供か」

「子供じゃないもん。もう大人だもん」

「そういうとこが子供だ、って言うの」

「親みたいな台詞言わないでよ」

また言い争いになりそうなので、私も口を挟む。

「家を出て、そのままこの電車に乗ったの？」

「ううん。昨日の夜遅くに飛び出しちゃったから、そのまま隣のマンションにあるボイラー室で寝た。鍵を隠してある場所を知ってるんだ。ちょっと怖いけどあったかいんだよ、あそこ。で、今日の夕方におばあちゃん家に行こうって決めてから電車探したらこれしかなかった。切符買ったらお金すっからかんになって、すごくお腹空いて死にそうだったんだよ」

「切符、売り切れじゃなかったんだ？」

「キャンセルがあったんだって。普段はなかなか取れないって言われた」

「なによそれ」健太が不平を口にした。

「琴葉にしても博子も心春も、今日偶然切符を手に入れたってこと？　この列車は発売と同時に完売することで有名なのにどうして⁉　あたしなんて発売日の早朝から窓口に並んでやっと取れたっていうのに」

「それは私たちの日頃の行いじゃないかな」

「そうそう。健太は行いが良くなかったんだよ」

私の言葉に心春が同意するようにキヒヒと笑った。

「ふん。やっと笑ったわね」

すかさず健太が言うと、「うるさい」と仏頂面になる。それでも、その表情は緩んでいる。少し安心したけれど、やっぱり家出のことは気になる。

「家には連絡してあるの？」

年齢のせいか、親の気持ちを考えてしまう。今ごろ大騒ぎになっているだろう。

「連絡なんてするわけないじゃん」

小バカにした言いかたも気にならなくなった。

「したほうがいいわよ」

健太のアドバイスにも「しない」と秒で返す心春。

私と健太は顔を見合わす。かなり強情のようだ。

「青森にいるのはおばあちゃんだったっけ？」

少し話を逸らそうと、そう尋ねた。

「お母さん方のおばあちゃん。久しぶりに会うから楽しみ」

無邪気にまた足を揺らしている。本人は大人のつもりらしいが、私の年齢からしたらまだまだ子供にしか見えない。でも、あの頃の抑えられない衝動というかパワーみたいなものは覚えている。全部、嫌になるんだよね。

途中で下ろすわけにもいかないけど、放っておくのはまずいだろう。

「おばあちゃんの家は駅から近いの？」

両腕を組み健太が尋ねた。

「まぁまぁ近いかな。でも、タクシーに乗るから」

「代金はどうすんのよ」

健太の問いに心春は肩をすくめた。

「そんなの、ついてからおばあちゃんに払ってもらえばいいじゃん」

「向こうについてからどうすんの？　学校はどうするのよ」

「考えてないよ、そんなこと。あー、お母さんみたいに質問攻めしてくんの止めてよ」

「ほんと無計画なのね、心春って」

呆れながらも健太は苦笑していた。

手元のお菓子を机に改めて置くと、

「ほら、食べなさい」

と、ジュースも一緒に心春のほうへ差し出した。

「食べていいの？」

「そりゃ、昨日から食べてない、なんて言われたら冷たくはできないわよ」

「やった。意外にやさしいじゃん、健太」

早速チョコレートの包みを開けている。

「調子いいんだから。で、どう思う、琴葉？」

健太が私に顔を向けた。

「うーん。やっぱ連絡しておいたほうがいいと思うんだよね」

「あたしもそう思うわ」

難しそうな顔で心春を見ながら健太はビールを飲んだ。

「私はしないよ」

心春はあくまで譲るつもりはなさそうだ。「でもさ」できるだけやさしく心春に言う。

「捜索願が出てたら大変だよ」

「まさか」

「いや、ありえるわよ」

健太が私のあとを引き継ぐ。

「冗談」

「冗談じゃないのよ。家を出たのは昨夜なんでしょう？　中学一年生の女の子が丸一日行方不明になったんだから、普通は警察に相談するわよ」

心春が若干不安そうな顔をしたのを私は見逃さなかった。

「ひょっとしたら学校にまで連絡が行くかもよ。そしたら大変じゃない？　やっぱり無事ってことくらい伝えなきゃ」

健太が両手をポンッと合わせた。

「そうと決まったら、連絡しなきゃ。さ、スマホ出して」

また唇を尖らせる心春に健太は右手をパーの形で差し出した。

「いいから早くしなさいよ。警察に捕まってもいいの？」

捜索されたからって逮捕はされないだろうけど、せっかく揺れているところだから訂正はしないでおこう。不安げにこっちを見る心春に「そうだよ」とうなずいてみせた。

「分かったよ。電話すればいいんでしょ、すれば」

そう言うと、心春はリュックの中からスマホを取り出した。今どきの若者らしく、キラキラとデコレーションしてある。

心春は、わざとらしくため息をつくと画面を操作し、耳に当てた。

「うまくいったわね」

健太が耳元で言う。ギロッと心春がにらんできたが、すぐに電話はつながったようだ。

「あ、もしもし。私、心春。うん、うん。あ、そうなんだ。分かってる、分かってるって。でね、夜中にそっち行くから」

健太が首をかしげてこっちを見る。私も同じように首を傾けつつ心春の話に集中した。

「そう、今日の夜遅く。違う、ひとり。今そっち向かってるから。悪いけど、お母さんに『心春は無事だ』って電話しておいて。よろしくね、おばあちゃん。じゃあね」

健太がコントのようにずっこける真似をした。

「あんた、おばあちゃんに電話してどうすんのよ！」

「なんで？　誰に電話するかなんて指定されてないでしょ。うわ……お母さんからすごい着信来てるし」

画面を見て驚いている心春が、スマホの電源を切ろうとするのを慌てて止める。

「お母さんにも電話してあげたら？」

「いいの。大丈夫」

向こうは大丈夫じゃないだろうと思ったが、まぁ仕方ない。おばあちゃんから連絡が行くだろう。心春を見ていると、昔を思い出す。あの時は自覚してなかったけれど、親には苦労をかけたんだろうな。

その当時は見えなかったことも、大人になるにつれて視野が広がり見えるようになる。よく『老婆心ながら』と自分の経験談を若い子に聞かせる大人がいるが、私はそれだけはするまいと決めている。まだ見えていない世界の話をされても、きっと理解できないだろうから。

「あの人、博子だっけ？」

心春が大いびきの博子を見て笑う。

「そう、博子。酔っぱらって寝ちゃった」

私もそっちを見ながら言った。一度寝たら起きないタイプなのか、これだけしゃべっていても起きる気配はなかった。

「きっと、最近よく眠れてなかったのよ。大人ってのは大変なのよ。色んな悩みや問題がわんさかあるんだから」

と、健太が説教じみたことを言った。心春は、ふんふんと首を縦に振りながら次のお菓子を選んでいる。

「心春は何人兄弟なの？」

私もチョコレートをつまみながら尋ねると、心春は黙ったまま指を一本立てた。ひとりっ子という意味だろう。健太がクスクス笑った。

「どうりで我儘なわけだ」

「我儘じゃないもん。自分をちゃんと持ってるだけだもん」

心春はムキになって言い返した。

「健太、私もひとりっ子なんですけど?」

ひとりっ子が全員我儘なわけじゃない、と言いたくて抗議した。

「そんなの見てたら分かるわよ。あんたたち似てるもの」

私がムッとするより前に心春が口を開いた。

「私は絶対我儘じゃないよ。琴葉だってそうだよ。ね?」

「そうよ。ひとりっ子が我儘って、いつの時代の話よ。今なんてそういうのザラにいるんだからね」

「ねー」

「あら失礼」健太が片手で口を押えて目を丸くする。

「ひとりっ子組が結束したらかなわないわ」

心春がまだ恨めしそうな顔で健太を見る。

「じゃあ健太はどうなのさ」

「あたし?　ふん、どうでもいいじゃない」

「どうでもよくないよ。ね、琴葉？」

心春がせっかくよくしゃべるようになったんだし、私も必要以上に乗っかることにした。

「そうだよ。健太は大体自分のこと言わなさすぎなんだよ。人に聞いてばっかりでさ。そういえばまだなんの仕事しているかも教えてもらってないし」

「えー、そうなの。サイテー」

「うるさいわねぇ」

健太が新しいビールを開けて飲むとそう言った。

「ひとりっ子じゃないことだけは確かよ」

その言いかたにピンときた。なんとなく健太という人物が分かってきたのかもしれない。

「……ひょっとして兄弟多いんじゃない？」

「ぶ」ビールを吹き出しそうになる健太。図星だったらしい。

「多いってどれくらい？」

心春が興味津々といった目をして健太を覗き込む。

「三人とか？」

そう尋ねると、健太は「そのくらいよ」と、どうでもいい感じに言ってのけた。

私は心春と顔を見合わせる。

「七人くらいいるね、たぶん」

名探偵のように心春は力強く言った。

「そうかな？　九人くらいいじゃない？」

そう言いながら思わずニヤニヤしてしまう。健太をからかうなんて初めてのパターンで楽しい。形勢逆転ってとこか。

じーっと無言のまま私たちは健太を見つめた。初めは無視していた健太だが、やがて居心地が悪くなったのか、わざとらしく大きくため息をつくと、

「もう！　ほんとうるさいわねぇ。五人よ、五人！」

と、降参した。

「へぇ、五人いるんだ。すげー」

心春は物珍しそうに感嘆の声をあげた。

「そうよ、多くて悪かったわね」

プンッと効果音がつきそうな勢いで健太はそっぽを向いた。

「健太は何番目？」

私の問いに健太は片眉を上げて私を睨んできたが、やがて鼻から息を吐いた。

「一番上」

「それって長男ってことじゃん！」

興奮して言う心春に、

「そうよ。だからなんだって言うのよ」

と、迷惑そうな健太。

「だって、長男なのに……一番お兄ちゃんなのにオカマなんてさ。笑えるー」

心春は嬉々とした声をあげケタケタ笑っている。

「関係ないでしょうが。兄弟が多いから、ひとりくらいゲイだって問題ないのよ。むしろ弟と妹、両方の気持ちを理解してあげられるんだからお得なのよ！」

グイグイ飲む健太を見て思った。ひとりっ子に憧れているんだな、と。だからからかったりしたのだろう。そう言う私も兄妹が多いのには昔から憧れていた。人なんて、結局は自分に無いものを欲しがるんだろう。

なんとなくやさしい気持ちになった私は、健太に尋ねる。

「ご家族は、健太がゲイってことを知ってるの？」

健太は一瞬答えるかどうか迷うような間をとってから、窓の外に目をやった。

「親も兄弟も知ってるとは思うわよ。あたし、こんなだから、隠していてもしゃべりかたや仕草に出ちゃうと思うのよ。でも、誰も聞いてこない。聞いちゃいけない、って思ってるんでしょうね。関係性が変わるのが怖いのよ、向こうもこっちも」

それが幸せとも不幸せとも分からないような複雑な表情で健太は言った。心春は黙って健太を見ている。私も「そう」とだけ答えた。

健太は電子タバコを取り出そうとして、すぐに胸ポケットにしまってから手持無沙汰にビールのプルトップを開けた。

「高校を出てからは家を出てひとり暮らしをしているの。仕事も忙しいし、時間があれば札幌へ行くから、家族とはずいぶん会ってないの」

「ご家族も神戸に住んでいるの？」

ビールをあおる男らしいのどぼとけを眺めながら尋ねると、健太は目を丸くした。

「神戸？　なんで神戸なのよ」

「だって健太は神戸に住んでいるんでしょう？」

神戸駅のホームでのことを思い出し尋ねると、健太はおかしそうに笑い出した。

「やだ。あたしの実家は岐阜県よ。ついでに言うと、実家から車で十分のところでひとり暮らししているの」

冗談かと思ったけれど、よく考えたら健太が神戸に住んでいるとは聞いてなかった。きょとんとする心春に目をやってから健太は優雅に足を組んだ。

「普段は自分の話はしないんだけど、少しだけするわね。あたし、岐阜っ子なの」

岐阜っ子、という言葉が元々あるのかは知らない。それよりも……。

「じゃあなんで神戸駅にいたのよ」

そのことね、とでも言いたげに健太は何度かうなずいた。

「札幌へ向かうドリーム号の始発駅は神戸でしょ。途中から乗ると、同室の相手に名前だけで呼び合う、とか、そういう話できないじゃない。だから、わざわざ神戸まで行ってから乗るようにしてるの」

たしかに途中から乗っていきなり部屋のルールを説明されても困るだろう。しかし、そのために神戸までわざわざ……。

「じゃ、じゃあ仕事はなにしてるの？」

尋ねながらいくつかの候補を頭に浮かべる。夜のお店か、もしくはまったく違う建設業とか……。

「あたし、高校を出ると同時に家を出たの。しばらくはフリーターをしてたんだけどね、やっぱりちゃんとした資格を取りたくてお金を貯めて看護学校へ通ったの。

あたし、これでも看護師なのよ」

「ええ、意外すぎる！」

心春が心底驚いた顔をしているけれど、私だって同じだ。色んな情報が一気に入ったせいでうまく整理ができない。

「看護師さんなら相当忙しいでしょう？　そんなに休みって取れるものなの？」

不思議だ。看護師と聞くと、そう思えてくる。

「叔父さんが病院をやっててね。そこで社会保険に加入できるギリギリの時間で働かせてもらってるのよ。空いた時間は、もうひとりの叔父さんがやってるコンビニでバイト。こっちも人出不足で辞められないからね」

「へえ……」

「だから休みは比較的自由に取ることができるの。どう、これで分かった？」

自分のことをあまり話したことがないのだろう、少し頬を赤くした健太がかわいく思えるから不思議だ。

まだまだ聞いてみたいことがあったけれど、心春が大きなあくびをしたので口を閉じた。

「ね、青森到着っていつなの？」

ムニャムニャとお菓子を食べる口を動かしながら心春が私を見た。もちろん、私には分からない。そのまま右へ視線を移すと、健太は肩をすくめた。

「青森はたしか、深夜二時くらいだったはずよ」

「げ、そんな遅いんだ。私って寝起き超悪いでしょ？　起きられるかなぁ」

そんなこと知ってるわけないのに同意を求めてくる。健太がまたニヤリとした笑みを浮かべた。

「大丈夫よ、確実に青森で降りられるから」

「え？　起こしてくれるの？」

ホッとした顔になる心春に、健太は首を横に振る。

「違う違う」

「モーニングコールのサービスがあるとか？」

「それも違う。要は、寝なきゃいいだけの話よ」

「……笑えない」

「あらあら」と、健太。

「本気で言ってるのよ。せっかくだから女子トークを夜中までしましょうよ」

やっぱり本気で語り合うつもりらしい。

「ええ、昨日あんまり寝てないから眠いよ」

不平を言う心春の意見も聞く耳持たず、健太は、

「今からだとたくさんは眠れないわよ。大丈夫、眠りそうになったら引っぱたいて起こしてあげるわよぉ」

これ以上ないくらいの笑みを浮かべた。

時計を確認すると午後九時半。

夜に紛れるように、列車は私たちを北へ運んでいく。

第四章　北緯三十七度　緯度を越える

海斗は思ったことをすぐに口にする性格だった。上司であろうと納得がいかないことがあれば意見していた。

昔はぶつかることも多かったそうだけれど、私が入社した頃にはパーソナリティが受け入れられていた。上役は『またあいつか』と苦笑いをし、取引先からは一目置かれる存在になっていた。

なのに、告白は私から。出かける約束も、夕飯の店選びすらも彼は自己主張することはない。

『仕事とプライベートは別なんだよ』

スマホでゲームをしながら言ってたっけ。

背中を丸め、一心不乱に画面を連打している海斗は、私だけが知っている彼の本当の姿なんだ。優越感というか、秘密を共有したみたいでうれしかった。

父親の手術のため帰省した夜、術後の経過を尋ねる私に『それよりさあ』と海斗は電話口で興奮していた。

『偶然、元カノに会ったよ』と。

きっとやましいことはなかったのだと今でも思っている。だからこそ、彼は私に教えたのだろうし。それでも大学時代の思い出話をやわらかい口調で話す海斗に、嵐が来るのを感じた。

けれど、神戸に戻ってから、海斗は元カノの話はしなくなった。まるで偶然の再会がなかったかのように振る舞っていた。一度、さりげなく尋ねた時も興味なさげに『ああ、そうだっけ』なんて。

なにも言わなくなった彼に、私もなにも言えなくなった。札幌に戻ることもひとりで決め、辞表を出したあとに人伝てに聞くほどだった。私が怒っても泣いても変わらない。

『離れていても大丈夫だよ』

その言葉を信じていた。ううん、今でも信じている。

列車は休むことなく進んでいく。外の景色はやがて闇になり、山間地帯を走っているようだ。今が外なのかトンネルなのかも分からないほど。たまに見える街の明かりは、星空が映る海のよう。夜が深くなり、駅に停車してもアナウンスは入らなくなった。

気づくと振動や音も気にならなくなっている。

こうしている間にも、札幌はどんどん近づいていて、海斗との距離も縮まっている。なのに、スマホはポケットに入れたままでメッセージもしていない。『来てもらっても困る』『忙しくて会えない』と、拒否されるのが怖いんだって分かっている。

遠距離恋愛をして気づいたのは、顔を見て話をすることがいかに大切なことか、ということ。電話や文字では伝えきれないし、伝わらないことが多い。ちょっとしたひと言で傷ついたり、悲しくなったりするような恋。

海斗に会えば、なにか変わるのだろうか？

仕事がなくなった今、札幌へ戻ればぜんぶ昔みたいに——。

「三十七度」

突然、健太が人差し指を立てた。

「なによ、突然」

私の言葉も聞こえないかのように、もう一度健太は言う。

「北緯三十七度」

「ホクイ？　なんじゃそりゃ」

お腹が満たされたのかソファで寝そべっていた心春がつぶやいた。

「北緯も知らないの？　世も末だわ。緯度のこと。学校で習ったでしょうに」

「そうだっけか」

むむ、と首をかしげる心春に助け舟を出す。

「北緯くらい知ってる。突然言うからビックリしただけだよね？」

「ご覧なさい。ほら、今停まっているのが福島駅。つまりここは福島県ってこと。ここで北緯三十七度を越えたことになるの」

健太が窓の外を指さす。暗闇の中、浮かび上がるホームには、確かに『福島駅』という文字が読める。時計を見ると、間もなく二十三時になろうという時刻。

「この旅はね、緯度を越えていく旅なの」

「よくわかんない」

興味なさげにぼやく心春から私に視線を移す健太。夜だというのにむしろ昼間より元気そうに見える。

「琴葉、あたしたちが乗車した神戸の緯度知ってる？」

「……さぁ」

「だいたいの数字で言うと、神戸駅は北緯三十四度。名古屋駅で三十五度。上野駅が三十六度っていう感じで、少しずつ緯度を越えていってるの」

「じゃあ、札幌は？」

海斗が住んでいる街の名前を口にすると、切なさと苦しさが入り混じる気がした。

「札幌が四十三度。神戸とたった九度の差なのに、すごい距離があると思わない？」

「思う」

素直にそう言った。

海斗との距離を示す緯度の差。それが九度。違いはひと桁でしかないのに、その距離はあまりにも遠い。さっき考えていたことがまた頭に浮かび、眉をひそめてしまう。一度ずつ近づくのだと思うと、会うのが怖くなっていく。

「また暗い顔して。どうせ、近づくたびに不安だって思ってるんでしょう？」

見透かしたように健太が言う。ほんと超能力者かと疑ってしまう。反論しようとしたが、嘘をついても健太には見抜かれるだろう。

「怖くって」

素直にそう言った。

「怖い？」

うん、とうなずく。心春がソファに起きあがると、私を見て不思議そうな顔をした。

「ほんとだ。ヘンな顔してる」

「ヘンとか言わないの。そういう時は『浮かない顔してる』って言うのよ」

心春への健太の口調もずいぶんやさしくなった。気づかないのだろう、心春はソファの上で膝を抱えるように座りケラケラ笑った。

「浮かない顔ってなに？　反対語は浮く顔ってこと？」

「うるさいわね。いちいち茶々入れないの」

足を組みなおした健太と目が合う。

「一度ずつ緯度を越えてきて、今の気持ちはどんな感じ？」

「…………」

ため息がこぼれる。三度、緯度を越えただけなのに、最初の気持ちなんて消え失せている。

「そんなの……言いたくない」

ボソッと小さな抵抗を試みるが、健太は、

「ダメよ。女子トークにパスは厳禁」

と、指を横に振ってみせた。心春も丸い目で私をじっと見つめている。

うつむけば、さっきまで気にしていなかった振動やレールのきしむ音、博子のいびきが押し寄せてくる気がした。

「私さ……。なんでここにいるんだろう、ってそればっかり思っちゃうんだよね」

ふたりが口を挟まないのを確認して続ける。

「札幌に行けば、なんとかなるって思ってた。彼の言葉が冷たく感じるのも、不安に思えるのも距離がそうさせているんだ、って。でも、今は怖い。会うのが怖いんだよね」

動き出した窓から駅の光は消え、黒い窓に自分の顔がぼんやり映る。

このまま海斗に会いに行っていいの？

会って、それからどうするの？

半年間、ううん、それよりも前から感じていた違和感が本物だったことを確かめにいくような気分。自分がしていることが、ひどく滑稽に思えた。

健太を見ると、ひとつうなずいたあと、

「そうね。不安だと思うわ」

と、彼らしくない肯定をした。

「琴葉ってつらい恋してるんだね」

心春もため息まじりの声を落とした。

悲しい人には、みんなやさしい。

健太が電子タバコの電源を入れた。深く吸ってから吐き出した健太の口から、白い煙が宙に生まれる。揺らめきながら消えていくのを見送ると、また悲しみが顔を出す。

「あたしね、琴葉も心春も、正直すごいって思うのよね」

「へ？」

褒められるとは思ってなかったのだろう、心春が素っ頓狂な声をあげた。

「琴葉は悲しい恋。心春は若気の至りによる反抗。それがあなたたちを突き動かして、こうして列車に乗っている。それだけでも、あなたたちを尊敬するわ」

「……そうなの？」

さっきも同じようなことを言ってたけれど、あまり理解できずに私は問い返す。

「そうよ。普通はさ、フラれるのが前提で会いになんて行かないし、くだらないケンカで家出したとしても青森までは行かない」

「ちょ、それ褒めてないじゃん」

心春が唇を尖らせて抗議した。やっぱりさっきと同じく上げてから突き落とされた感じ。

「褒めてるつもりなんてないわよ。ただ……うまく言えないけど、うらやましく思っただけよ」

トーンを落とす健太に、また違和感を覚える。

「健太だって恋人に会いに行くために列車に乗っているわけでしょう？　目的があるのは同じじゃない」

遠距離恋愛を楽しみ、気楽に旅ができる健太のほうがよっぽどうらやましい。

「そうなんだけどね、まあ……いろいろあるのよ」

健太は相変わらず浮かない顔をして部屋の中を見回していたが、突然、

「あら」と声をあげた。目をやると、そこにはベッドから顔だけ出してこっちを見ている博子がいた。

「なによ、起きてるならこっち来なさいよ」

そう健太が言うと、「へへ」と笑っていそいそと博子が起きてきた。心春の横に

座ると、博子が頭を下げた。

「私は博子です、よろしくね。寝てしまったみたいですみません。こう見えても、このなかじゃ間違いなく最年長ですけど」

「私は心春です。よろしくお願いします」

同じように頭をちょこんと下げる心春。

「なによ、あんたちゃんと挨拶できるんじゃないの」

苦笑する健太に向かって心春はあごをあげて自慢げだ。

「さっき怒られたし、一応ね」

「健太に怒られたんですか？　おっかないでしょう、この人」

博子が目じりを下げて笑った。年下の子にも敬語を使う人柄に好感が持てる。

「おっかなくなんかないわよ。常識を教えてあげただけじゃない。つまりは教育ってやつね」

「その教育方法に問題があるんですよね」

いたずらっぽく言った博子に、心春も「ねー」と、同意した。

「今もひどいこと言われたんだよ」

「デリカシーがないんですよね」

もうふたりは息が合ったみたいで顔を見合わせクスクス笑っている。

「ああ、だから女子ばかりなのは嫌なのよ。イケメンがひとりくらいは乗ってくると思ってたのに」

天井を仰いで嘆く健太を中心に笑いが生まれた。

たまたま同じ列車に乗った旅人がこうして話をしているなんて、改めて不思議なことだと思った。

「博子さん……あ、博子。もう具合は良いの？」

すっかり顔色も良くなった博子に、私は尋ねた。

「ええ。なんだかぐっすり寝ちゃったみたいです。あの……私、なにか失礼なことしませんでしたか？」

「失礼もなにも、酔っぱらって寝ちゃっただけよ」

呆れながら健太も明るい表情を見せた。

「すみませんでした。酔うとすぐに寝ちゃうみたいで、主人にも昔よくからかわれていました」

「博子は結婚してるんだ？」

興味深そうに心春が尋ねると、博子はバツが悪そうに少し身を引いた。

「……あの、なんていうか……。かろうじてまだ結婚してる、って感じなんですよね」

「なに、ケンカ？　だったら私と同じじゃん」

「心春はケンカしてきたのですか？　まだ起きたところだからよく分かってなくて……」

「青森まで家出の旅だよ」

何故か得意げに言う心春を見て、博子は戸惑ったように私を見た。

「心春はね、家出してるんです。マンションのボイラー室で一泊したあと、青森にいるおばあちゃんに会いに行くためにこの列車に乗車したんです」

補足説明をすると、ようやく納得したように博子は目を大きく見開いた。

「そうでしたか。私も同じようなものかもしれないですけど。私の場合はもっと重大でして……俗に言う『別居』ってやつなんです」

「別居。へぇ」

心春はあからさまに興味のある表情をして博子を見つめた。博子は、心春の向こうにある真っ暗な窓に視線をやった。黒い窓に映る自分を見ているのだろうか。しばらく黙ったあと、博子は心春に目を向けた。

「老婆心ながら言わせてもらいますね。家出は良くないと私は思います。お家の人が心配しているでしょう?」

「博子だって別居するんでしょ?」

「まぁ、そうですけれど——」

「じゃあ同じじゃん。博子に言う権利なし」

ズバッと切り捨てられて、博子は目を丸くした。なんだかこのふたり、どっちが年上なのか分からなくなる。

「博子、言われちゃったわね。でも、あたしから見たら、あんたたちふたりは同類だけどね」

またしても健太が攻撃をする。攻撃のターンが変更になるゲームみたい。

「違いますよ」

「違うもん」

ふたりがハモるのを見て、健太は声に出して笑った。

「やっぱ似てるわ、あんたたち」

博子が、フッと笑い肩の力を抜いた。

「ほんと、確かに似ていますね」

「えー、そうかなぁ」

まだ納得できない様子の心春がほっぺを膨らませて言う。こうして見ると、なんだか親子みたい。

「心春はさ、これからどうすんのよ」

健太が少し前傾姿勢で問いかけると、

「だからおばあちゃんとこ行くんだってば」

あっけらかんと心春が肩をすくめた。

「そうじゃないわよ。その後どうすんのってこと。いつまでもそこにはいられないでしょう？　学校だって困るじゃないの」

「それは……。でも、私悪くないもん」

腕を組んでさらにふくれっ面になる。そんな心春にほほ笑む健太の顔はこれまでと違い、やさしい。

「ご両親ってそんなに嫌な人なわけ？」

「うん。すっごくね。イヤミしか言わないもん」

心春は苦い顔をしている。健太は「そう」とうなずく。

「でもさ、明日死んだらどうする？」

「へ？」

「心春が明日死んだら？　逆に、お父さんやお母さんが明日死んだら？」

健太の言おうとしていることがなんとなく分かり私も口を開く。

「そういうのってある。私も経験あるから」

「琴葉のお父さんとかっていないの？」

不思議そうな顔で答えを求めるように心春が尋ねてきたので、軽く首を振った。

「北斗のこと」

「なにそれ？」

「昔飼ってた犬の名前。北斗って言ってね、気が弱い柴犬だったの。だから強そうな名前をつけたんだけど、初めから最後まで名前負けしてたっけ」

北斗の名前を口にするたび、いつも胸がざわざわする。もう何年も前のことなのに、うごめく感情が悲しみのベクトルを生み、私を泣きたい気持ちにさせる。

「まだ高校生だった頃ね。ある日の朝、北斗が私の靴におしっこをしたの。買ったばかりの靴でね。それを思いっきり叱ったの。すごく怯えていたけれど許せなかった」

心春は黙って私を見ている。博子も目が合うとゆっくりと瞬きをした。あの日のことは今でも覚えている。後悔の感情が伴っているから尚更だ。

「学校から帰ってきてね。今朝は悪いことしたな、って思って……。だからかわいがってあげなきゃ、って。でも、北斗はいなかった」

「いなかった?」

心春の声のトーンが低くなる。あの日は朝から雨が降っていた。帰り道、雨のにおいがしていて、玄関のドアを開けたら母親が慌てた様子で出てきた。

「北斗が家からいつの間にか抜け出てたみたいで、車に轢かれて死んじゃってたの」

博子の目が見開くのと同時に、心春が唇の動きだけで「嘘」と言うのが分かった。

「家族中が泣いて、悲しんだ。でも、私はそれ以上に自分が許せなかった。最後にあんなにひどいことをしてしまった自分のことを、どうしても許せなかった。それは今も同じ」

心春はなにも言えずに私を見ている。

そう、あの日々はただただ自分を責めてばかりだった。

何故もっとやさしくしなかったのだろう、ってそればかり。そして、人生には失くしてから気づくものが多いことを学んだ。

「心春」

まっすぐに心春を見つめた。先駆者の教えをするのが嫌いな私。自分だったら全力で拒絶するだろうから。だけど、同じ悲しみを味わってほしくない。一度くらい、伝えてもいいよね。

「さっき健太が言ったことは、実際に起こらないとは言えないでしょう?」

「まあ……そうだけど」

目を逸らして心春はつぶやく。

「家族だから言い争うこともあると思う。だけど、その場から逃げ出してしまったら、きっと後悔する。心春には同じ想いをしてほしくないな」

「そうよ」健太が受け継ぐ。

「誰だってケンカくらいするわよ。でもさ、それを納得するまで話し合えるのが家族ってもんじゃない? 他人だったら、きっと……どこかであきらめてしまうだろうから」

「やっぱり家族って大切ですよね」

博子の言葉に、心春が片眉をあげた。

「だからぁ、博子だって同じじゃん」

「確かに」

　思わず同意してしまった。

「私は違いますよ。別居ですから」

　健太が足を組み替えてこれみよがしにため息をつく。

「あんたさ、別居ってのはお互いに納得して成立するもんよ。博子の場合は勝手に出てきたわけでしょ。分類的には『家出』。それこそ心春と一緒じゃないのよ」

　助けを求めるように私を見てくる博子に心の中で「ごめん」と謝る。

「申し訳ないけど、私もそう思う」

「ええっ。琴葉までですか⁉」

　悲痛な声で訴えたあと、博子は押し黙った。心春も同様に唇を尖らせたまま上目遣いで私と健太を交互に見やった。

「で、あんたたちふたりともどうすんの？」

　刑事が取り調べでもしているみたいに、健太がふたりに視線を送る。

「どうするって……どうしましょう？」

　隣に助けを求める博子に、

「私に聞かないでよ」

心春がそっぽを向く。

「電話、しよっか？」

そう私が言うのを一瞬拒絶の目で見た心春だったが、すぐにうつむく。彼女の中でも本当はそうするべきなのが分かっているのだと思った。

健太は「そうよね」とうなずく。

「あなたたちふたりはこれから大事な人に電話をするの。それがいちばんいいわ」

「待ってください」

両手を膝の上で握りしめたまま博子が異を唱えた。

「電話って……なんて言えばいいんですか？　お互いのためになるってそう思って出てきたんですよ？　今さらなにも話せないですよ」

もう半泣き状態の博子が顔を歪ませている。まるで無実を訴える被告のように思えた。

「じゃあさ、逆に聞くけど」

そう言うと、健太は何本目かのビールのプルトップを開けてひと口飲んだ。

「もう旦那のこと、これっぽっちも愛してないわけ？」

「え……」

「愛が全部消えたならあたしはなにも言わない。でも、違うでしょ？　好きだから苦しんでいるんでしょう？　だからあんなに泣いていたんじゃない」

「…………」

　涙がこぼれそうなのか、鼻で大きく息を吸って博子は上を向いた。

「人を好きになるのって理屈じゃないでしょう？　みんな誰かを好きで、そのなかには叶わない恋愛に苦しんでいる人もいるの。そういう人、たくさん見てきたし、自分もしてきた。でも、博子は違うじゃない。ちゃんと、愛する人がそばにいるじゃない」

　子どもに諭すようにゆっくりと口にする健太に、博子はもううつむいてしまっていた。

「あたしね」健太がビールを飲み干してから続ける。

「子供が欲しい、っていう気持ちは分からない。でも、その理由で愛する人を悲ませてもいいの？　もしも今、旦那が死んだらさ、博子は一生苦しむことになるよ」

「う……」

　ボトボトと握りしめた両手に涙が落ちるのが見えた。

「まだそこに愛が残っているなら、ちゃんと向き合うこと。あたしからのアドバイス、結構核心を突いてると思うんだけどな」

「でも——」

口を開く博子に「待って」と制し、健太は心春に顔を向けた。

「心春」

「……なに？」

「あんたも同じ。中学生にもなって親に反抗してんじゃないわよ」

「同じじゃないもん」

「あたしから見れば同じなの。さっきの話、ちゃんと考えなさい。あなたが家出している間にご両親が事故に遭ったらどうするの？」

再度自分がターゲットになったことに心春は眉間のシワを深くしている。

「そんな空想の話、好きじゃない」

「空想が現実になることもあるのよ。気づいたときに後悔しても遅いの」

「後悔なんてしない。子供じゃないんだから」

プイと顔を横に向けた心春に、健太は呆れた顔をした。

「そういうところが子供っぽいって言ってるの。人生なんて明日、ううん一秒先に起きることですら分からないのよ。後悔しないように生きるのは難しいけれど、選択することすらあきらめるのはダメよ」

「うるさいなあ。だから、私はもう大人なんだって」

「だったら！」健太が大声を出した。隣にいる私ですら一瞬腰が浮いた。

　健太はすぐに声のトーンを落として続ける。

「話し合って解決しなさい。大人ってそういうものよ」

　さすがに反論できないのか、心春は膨れた顔で背もたれにもたれてうつむく。

「あんたたちが似てる、って言ったのは、問題から逃げてるから。ぶつかることもしないで、逃げるが勝ちって考えなのよ。あたし、そういうの大っ嫌いなのよね。逃げ出しても、逃げ出さなくても同じくらいつらいの。両方ともがつらくて苦しいなら、どっちを選んだほうがいいか、それくらい分かるでしょう？」

　健太は意外にも冷静な顔をしているが、なんだかこれまでの彼と違って見えた。なんて言うんだろう……。それはまるで、筋が通った話をしているお釈迦様のように神々しく見えた。

「でも……。今さら電話なんて……できないです」

「私も無理」

ギブアップ宣言をするふたりに、思わずうなずいてしまった。

確かに自ら電話をかけるのは相当な勇気が必要かもしれない。ふたりは不安この上ない表情をしている。

「そうねぇ」

健太も腕を組んで考え込んでいる。沈黙の中、ガタゴトという列車の音だけが響く。

「あ」

急に心春がなにかを思いついたように顔を輝かせた。

「なによ」

健太が心春に言う。

「私がさ、博子の旦那さんに電話するよ。で、博子がうちの親に電話するってのはどう?」

「それはダメです」

すぐに博子が反対をした。

「なんで?」

「なんで、って……。知らない人から急に電話がきたら驚くじゃないですか」

「そうかな?」

　動じずに心春は首をかしげた。

「そうよ。それに私が心春の家に電話したら怪しいわよ。絶対誘拐犯に間違えられちゃう」

「大丈夫だよ。おばあちゃんから連絡行ってるはずだもん」

　自信ありげに心春が言うが、博子は困った顔で首を横に振るだけ。

「あたしはそのアイデア賛成よ」

　健太がパチパチと拍手した。

「健太ナイス」

　心春に軽口をたたかれ、眉をしかめながら健太は続ける。

「お互いの家族に電話すれば怒られる可能性も低いんじゃないかしら。相手も感情的にはなりにくいだろうし」

「でも……」

　食い下がろうとする博子に、

「だったら自分で電話できるの?」

　と、健太がピシャリと言った。

「もうすぐ日付変わるけど大丈夫？」

いささか時間が気になって私が言うと、健太は肩をすくめた。その仕草がやけに似合っている。

「じゃあ家族のスマホに電話して出なければセーフ、っていうルールでいいんじゃない？」

すっかりゲーム感覚になっている。

渋る博子からスマホを出させると、健太はご主人の携帯番号を画面に表示するよう指示を出した。電源を切っていたらしく、起動まで時間がかかった。誰もが無言で画面を見つめている。

ようやく表示された画面を博子が操ろうとする前に、画面には不在着信の文字がいくつも並んだ。発信元はすべて同じ『まーくん』だ。

「まーくんだってさ。まーくん！」

心春がおかしそうにはしゃいだ。けれど、博子はすでに緊張気味に顔をこわばらせている。

「あの……本当に電話するんですか？」

だろうな、と思う。私だって海斗にメッセージすら送れていないのに。

いつだって、人のことならアドバイスできるのに、自分のこととなるとできない言い訳ばかり探している。菜摘にだって、今日になって初めて海斗のことを相談したけれど、もっと初めから相談していたらなにかが違ったのかな……。

「これでなにかしら考えも変わるかもしれないでしょ。あ、スピーカーホンにしてよ」

　スマホを奪い取った心春に健太が言った。心春は「ほい」とうなずいてから画面を博子に見せた。

「どうする、博子？　私、通話ボタン押しちゃうよ」

しばらく迷ったように「あ」とか「うう」と言ったあと、博子は背筋を伸ばした。

ＯＫのサインなのだろう。

　心春が人差し指で通話ボタンを押し、続いてスピーカーのマークを押す。すぐに私たちにも呼び出し音が聞こえた。二回目の音が鳴ったかどうかくらいで、つながる音が聞こえたかと思うと、

『博子！　博子なのか！』

　と叫ぶような男性の声が聞こえた。大きすぎて音が割れている。

「あ、あのですね――」

心春が言いかけるのも遮って、

『どこにいるんだよ。心配してたんだぞ！』

と、まーくんと思しき男性は悲痛な声で叫んだ。

「すみません、私、博子じゃないですよ！」

負けずに大声で言う心春。健太はニヤニヤ黙って見ているし、博子はもう泣き崩れる一歩手前みたいに顔を歪めている。

『え、博子じゃない？　それって……』

さっきの声よりずいぶんトーンを落としたまーくんは、言葉の途中で押し黙った。

「私は心春です。あの、あなたはまーくんですか？」

心春の問いかけにも、まーくんは暫くは無言。やがて、『まさか』と小さな声がスマホから聞こえた。

『ひ、博子に……博子になにかあったのですか⁉　事故に遭ったとかっ⁉　ああ、そうなんだ。どうしよう……』

「そうじゃなくて、実は――」

『博子は無事なんですか⁉　大変だ。どこですか？　どこの病院ですか⁉』

心春が『参った』というふうに口をギュッと閉じた。博子はまるでそこにまーくんがいるかのように、じっと置かれたスマホを注視している。

健太がなにも言わないままなので、しょうがなく私は口を開いた。

「すみません。まーくんさん、私は琴葉と申します」

『ことは……？　いや、それより博子は？　博子は無事なんですね⁉』

「大丈夫ですからご安心ください」

『そっか、無事だったんだ。よかった、よかったぁ……』

違う人が参入したことで、まーくんは少し落ち着いたみたい。安心したのだろう、涙声になっている。

「今から、心春から話があるので聞いてもらえますか？」

『……話？　いや、僕こそ話がしたい。博子、そこにいるんだね？　博子っ』

「落ち着いてください。今は、まず心春と話をしてほしいんです」

『え、どうして？　僕は博子と――』

「どうして博子が電話に出なかったのか、きちんと聞いてほしいんです」

しばらく沈黙が続いたあと、まーくんが『ああ』とため息交じりの声を出した。

『分かりました』

心春にアイコンタクトを送ってから背もたれに体を預ける。スマホに顔を近づけた心春のつるんとした頬がスマホのバックライトに光った。

「あのね、博子と私は今、深夜特急に乗っているの」

『……深夜、特急』

カタコトの日本語みたいに復唱している。

「札幌まで行く深夜特急で、私たちは同じ部屋の仲間なんだ。でね、博子は函館の実家に帰るところなんだってさ」

『ああ……そうでしたか』

ようやく状況を理解したのか、まーくんは気の抜けたような声を出したあと、なにやらつぶやいている。

「聞きたいことがあって電話したんだけどさ、答えてくれる?」

『あ、はい』

どっちが年上なのか分からない会話だ。

「まーくんはさ、博子と離婚したいの?」

『え、離婚?』

「博子は別れるしかない、ってそう思ってるみたい。でも、一緒の部屋のみんなは違う意見なの」

私も健太も声に出さずに、ウンウンとうなずいた。一方の博子は、聞いていられない、と耳を両手で塞ぎ今にも逃げ出してしまいそう。

まーくんの息遣いがしばらく部屋に響いた。やはり言いにくいのかな……。心春がしびれを切らしたのか、すうと息を吸い込んだと同時にまーくんの声がした。

『……けない。別れたいわけないじゃないか！』

怒鳴り声をあげたまーくんに、博子の目が見開かれた。

『僕は一度だってそんなことは思ってないし、今も思ってない。博子はそこにいるんですよね。博子に代わってください！』

「残念。今日は直接話はできないルールなんです」

心春が平然と言うので健太と目を合わせた。健太も驚いているようだけれど、指で丸を作って心春を支持した。

『直接話をさせてください』

「夫婦なんだから一緒の時間はこれまでにもあったわけでしょう？　離れてから話をしても遅いの。博子は思い詰めて、別居する決意で深夜特急に飛び乗ったんだよ」

なんだか心春がすごく大人に見えた。たしかに話し合うチャンスはいくらでもあったはずだ。それは私と海斗にも言えることだ。

また自分のことに置き換えてしまう自分を戒めるように背筋を伸ばした。

『別居なんて望んでいないです。僕は、博子と別れたくない』

「でもさ、まーくんは子供ほしいんだよね？」

『ほしくない。そのことは何度も博子に伝えました』

即答するまーくんの言葉に嘘はないと思った。博子はまーくんの言葉よりも、自分の罪悪感を信じたんだ。

分かるよ、その気持ち。ひとりで考える時間が長いほど、悪い方向へ結論が向かってしまう。想像は仮定になり、やがて本当のことのように思えてしまうから。

目が合った博子にうなずくと、彼女も同じように返してくれた。

「まーくんって、両親から孫をせっつかれてるんでしょう？」

心春の尋問は続く。『ああ』とまーくんがかすれた声を出した。

『やっぱりそれが原因だと思いました。すぐに親に電話して怒鳴りつけてやった。もうなにも言わせない。だから博子に戻るように伝えてください』

もう博子はうつむいてしまっている。表情は見えないが、肩が小刻みに震えている。

「ブブーッ。残念ながら不合格です」

突然、心春が声高らかに宣言した。

『ふざけている場合じゃないんです。いいから博子を――』

「あのさ、まーくんって今回のこと、ただの家出だと思ってない？」

『そんなことは……』

言い淀むまーくんに、心春は聞こえるようにため息をついた。

「まーくんは全然分かってない。どんなに博子が悩んでいても、両親にイヤミを言われても、まーくんがきちんと安心させてたらこんなことにならなかった。元はと言えば、まーくんが博子を不安にさせたんだからね」

少なからず自分に重ねる部分もあるのか、怒ったように心春は言った。すかさず親指を立てる健太。グッジョブといったところか。

しばしの沈黙のあと、洟をすする音がした。博子が泣いているのかと思ったけれど、彼女はスマホをじっと見つめて微動だにしない。

『そうか……。ほんと、心春さんの言う通りだね……』

まーくんの声が震えていた。

「好きな人に『別居したい』なんて思わせちゃダメ。そんなの悲しすぎるよ。そうなる前に、安心させてあげなくちゃ」

『二度と悲しい思いはさせない。本当に僕は情けない男だ。僕が守ってあげないといけなかった』

「分かればよろしい」

　フンと鼻から息を吐いて、心春はVサインを指で作った。博子は？　と見ると、声を殺して涙をボトボトと落としている。

「それではラストチャンスを差し上げます。まーくんはこれから、どうするか答えてください」

『はい。僕はこれから博子のことをちゃんと守っていきます。そのためにもきちんと博子に謝ります。明日、朝一番で函館に迎えに行くと博子に伝えてもらえますか？』

　もう博子は嗚咽を漏らしていた。真っ赤な顔で鼻水を流して泣く彼女を、私は美しいと思った。博子の様子を見て心春は笑顔を浮かべた。

「大丈夫だよ、迎えに来なくても」

『でも――』

「博子には伝わったと思うよ。ね、博子。明日帰るよね？」

『博子がそばにいるんですか？　聞いていているんですか？』

「うん。あ、うなずいてるよ。めっちゃ泣いてるし」

確かに博子は何度も何度も大きく首を動かしてうなずいていた。私より年上の人が号泣している。けれど、その姿はまるで少女のように思え愛らしかった。

「明日帰るから、ちゃんと家で待っていてあげてね」

『博子！　僕が悪かった。もう二度と悲しませたり不安にさせたり――』

「はいはい！」大声で心春が遮る。

「そういう話はふたりっきりになってからじっくりやってね」

その言いかたに思わず笑ってしまった。ほんと、若いってすばらしい！

健太も体全体で惜しみなく拍手を送っている。

「すごい！　あたし、感動しちゃった！」

「健太、静かにして。今は私とまーくんだけでしゃべってるんだから」

「なによ。こんなに長い間黙ってたんだから話くらいさせなさいよ」

『あの、そこに男性がいるんですか？』

戸惑うようなまーくんの声に、心春は「大丈夫」と答えた。

「この人、男性だけど男性じゃないから。このなかで誰よりも乙女なの」

『なんですって⁉　男性なのに乙女？』

「それに彼氏もいるみたいだし、博子に手を出したりはしないから安心して」

『か、彼氏……。ちょ、ちょっと待ってください』

「ま、いいじゃない。とにかく明日、博子が帰ったらちゃんと話を聞いて、まーくんの気持ちを伝えてね」

ケラケラ笑う心春に、まーくんは『はい』と素直に応えた。

『ちゃんと伝えます』

「まーくんの今の正直な気持ちを教えてくれる？　博子の意見ばかり聞いてたんじゃ不公平だし、審判としては中立な立場でいたいんだよね」

心春が小首をかしげてスマホを見た。

『正直……まだ混乱しています。博子がいなくなって、なんでこんなことになったんだろうって思っていました。きっと、僕の伝え方が悪かった。博子も同じように僕に言えなかった。だから……うまく言えないけれど、ふたりできちんと話をしたいと思っています」

「それがいいね。博子はネガティブすぎるし、めんどくさそうだもん」

ブッと隣で健太が噴き出した。博子は心外とでも言いたそうに口を開いている。

『ふたりで受け止めたい。そして解決したい。それが、今の気持ちです』

まーくんの声に、博子はひとつ、そしてふたつ大きくうなずいた。

『心春さん、本当にありがとうございました。この電話をもらえてよかった。救われた気分です』

「そう？」

まんざらでもない様子で心春があごを上げた。

『心春さんが冷静に大人らしい進言してくれたからこそ、自分の気持ちが分かりましたし、反省することもできました』

「でも私、ただの家出してる中学生なんだけどね～」

『え、家出？　中学生⁉』

悲鳴のような声が割れ気味に響く。

「じゃ、まーくんバイバーイ」

まーくんの戸惑いを残したまま心春は通話を切ってしまった。そのまま笑顔で博子にスマホを返す。

「素晴らしいわ、心春」

健太が両手を胸に当てて、感動を示している。

「この深夜特急で起きたエピソードの歴代一位よ、今のは」

「そんなランキングがあるの？」

思わず尋ねる私に、健太は「当たり前」と言った。

「一位から二十位くらいまであるわよ。でもさ、博子もよかったわね」

「心春、ありがとう」

涙を拭いた博子は、とびっきりの笑顔を浮かべた。こんなに晴れやかな顔は初めてだった。

私もこんな風に笑えるのかな？　そう思うと、胸が締め付けられるような気がした。

第五章　北緯三十八度　星空列車

日付を越える頃、仙台駅到着を知らせるアナウンスが車内に流れた。深夜だから放送はないものと思っていたけれど、耳を澄まさないと聞こえないほどの音量で流れていたらしい。

「さ、急がないと青森に着いちゃうわよ」

健太が心春のスマホを取りあげ、博子に渡した。

さっきの活躍から一変、表情を曇らせた心春がぼやく。

「やだなぁ。どうしても電話しないとダメ？」

「ダメに決まっているでしょう？　女なら腹をくくりなさい」

「そういうの、男女差別だし、そもそも女性には使わない言葉だし」

頰を膨らます心春にスマホを操作していた博子が目を丸くしている。

「不在着信がすごい数ですね。ここに電話をかければいいですか？」

涙も止まり真剣な表情の博子。心春への恩返しをしたいのだろう。

「そのままかければスピーカーホンになってる」

「分かりました」

覗き込むと時間は十二時五分。博子がボタンを押すと、間もなく呼び出し音が聞こえた。

一回。

二回。

「ね、もう寝てるかもよ。うちの親、寝るの早いから」

心春の言葉にも誰も返事をしない。ただスマホの光る画面を見つめていた。

五回。

六回目の呼び出し音が途中で途切れ、

『はい』

と、女性の声がした。家出した娘からの電話なのにやけに落ち着いていることに違和感を覚えた。博子も同じなのだろう、戸惑った顔のまま女性に尋ねる。

「あ、あの心春さんのお母さんですか？」

『………』

「心春さんのお母さまでいらっしゃいますか？」

聞こえなかったと思ったのだろう。博子がくり返した。

『……そうですけど。どちら様ですか？　どうして心春のスマホをあなたが使っているのでしょうか？』

「誘拐とかではありませんから」

さっきまでの心配が当たりそうになり、慌てて博子が言った。

「私は今、心春さんと一緒に深夜特急に乗車している者です。博子、と申します」

一瞬黙った後、『ああ』と、お母さんは少し安心したような声になった。

『先ほど、あの子の祖母から連絡がありました。じゃあ、本当に青森に向かっているのですね。冗談かと思っていました』

「あと数時間で青森に到着します。心春さんから家出をしている、とお伺いして説得をしているところです」

博子がチラッと心春を見るが、心春はあさってのほうを向いてつまらなさそうな顔をしている。

『ご迷惑をおかけして申し訳ないです。あの子、反抗期なんですよ。気に入らないことがあるとすぐに家出して……。まさかおばあちゃんの家に行くなんて思いもしませんでしたけど』

「お母さん、あの――」

『心春を出してください。そこにいるんですよね？』

かぶせるように口にしたお母さんの声には怒りが含まれていた。心春が無事なことを知ると同時に込みあげてきたのだろう。健太を見るとやれやれというふうに首を横に振っている。

「心春さんと話をする前に、私と話をしていただいてもよろしいでしょうか？」

『どうして？』

「心春さんはこれ以上ケンカをしたくないんです。ここは、第三者である私が間に入ったほうがよいと思います」

沈黙がやけに長く感じた。しばらくして聞こえたのはため息だった。

『博子さん、でしたっけ？　心春のことを面倒見てくださりありがとうございます。でも、これは親子の問題です。すぐに心春に代わってください』

若干怒ったような声で『すぐに』を強調するお母さん。心春は苦虫をかみつぶしたような顔をしている。

「お母さん、落ち着いてください。ちゃんと心春さんを理解してほしいんです」

『私は落ち着いています。それに、心春のことは母親である私がいちばん分かっています』

「――そうでしょうか？」

『それってどういう意味？』

もう不機嫌さを隠そうともしなくなった声が、室内に響いた。彼女のボルテージが上がるほど、博子は落ち着いているようだった。

「親子って分かり合うのが当然だ、という暗黙のルールの上に成り立っている。でも、実際は違うと思うんです。お互いに信頼して、本当の気持ちを知る努力が必要だ、って。夫婦や友達も同じだと思います」

きっと、自分のことを含めているのだろう。私も同じだ、と思った。が、お母さんには伝わらなかったようで、

『言われなくても分かっています。いいから、心春に代わってください！』

攻撃するような強い口調になっている。

「ひとつ質問させてください。昨晩、心春さんがどこに泊まったかご存知ですか？」

あくまで冷静に博子は尋ねた。

『……そういえば、今電車に乗っているのよね？　昨日はどこに？』

「マンションのボイラー室です。そして、今日この深夜特急に乗るまで、なにひと

つ口にしていなかったんです」

　軽く息を吐くと、博子は続けた。

「私も中学生の時に家出をしたことがあります。でも、すぐに家に帰りました。外のほうがよっぽど怖かったからです。でも、心春さんはそうしなかった。できなかったんです。それくらい傷ついて怒っていたのだと思います」

『それは――』

「差し出がましいとは思いますが、心春さんには心春さんの言い分があって、お母さんにもあると思います。それを話し合って解決するのが家族だと思うんです」

　心春が目を開いて博子を見ている。

『そんなこと、あなたに言われなくても分かっています』

　もどかしさと悔しさと怒りを含んだ声。すう、と息を吸った博子と目が合うと、軽くうなずいてから口を開いた。

「だったら、心春さんを大切にしてください」

『なっ……』

　その短いひと言は震えている。それだけで、お母さんがどれくらい怒っているのかが伝わってきた。

「確かに、逃げ出した心春さんにも問題はあると思います。でも、母親ならそうならないように話をするのが良いと思います」

『いい加減にして。あ、あなたになにが分かるのよ！』

ついに爆発が起きた。心春は舌を出してさっき博子がしたように両耳を押さえた。

「私には分かりません」

博子は動じずに平然と言ってのけた。

『だったら余計な口出ししないで』

「でも、私だったら大切な我が子にそんな悲しい思いはさせません。こんな寒い夜にボイラー室で寝かせたり、何百キロと離れた青森県まで行かせたり……。自分で選んだ方法じゃない。家に帰ることができないからどうしようもなく選んだんです。あまりにもかわいそうです」

『…………』

なにも言い返せなくなったのか、お母さんは沈黙する。また、レールを走る音が床下から聞こえた。

「お母さん、聞いてください。私は結婚して十五年になります。でも子供はいません。……できなかったんです」

心の奥底からの言葉にはグラムがあると思った。博子の苦しみが車内を浸しているみたい。

「その苦しさに耐えかね、私はこの列車に飛び乗りました。なにも言わずに夫から逃げ出したんです。でも、それじゃあいけない、と心春さんが助けてくれたんです」

『……心春が助けた？』

どこか呆けたような声でお母さんがくり返した。さっきまでの怒りに満ちた声ではなかった。

「心春さんが私の主人に電話をしてくれたんです。心春さんが夫を叱ってくれている時、私は自分の間違いにやっと気づきました。自分勝手に逃げ出して、どれだけ相手が心配しているかまで考える余裕がなかった。ひどいことをした、って。きっと今、心春さんも気づいたと思います。……そうだよね？」

こくん、と心春は頷いた。

『心春がそんなことを……』

さっきまでの勢いはどこへやら、お母さんは落ち着いた声でつぶやいた。

「おかげさまで明日、主人の元へ帰ることになりました。本当に心春さんがいなかったらどうなっていたことか。だから、今は私が心春さんを助けたいんです。どうか、彼女が安心して帰れる状況を作ってください」

一気に言うと、博子ははあはあと肩で息をした。届いただろうか、誰もがスマホを注視するなか、

『博子さん……』

お母さんの声がした。穏やかでいて、悲しみに包まれているように思えた。

『心春から聞いているでしょう？　うちの家庭の事情を』

思わず心春を見ると、固く唇を閉ざしうつむいている。博子も戸惑ったように心春を見ている。答えられない博子に、お母さんは察したのだろう『そうですか』と小声で言った。

『聞いてないんですね。心春、そこにいるんですか？』

「ええ……」

うなずく博子に、お母さんは『そう』と言った。

『心春、あなたの口から言いなさい。お母さん、待ってるから』

健太がズイと体を乗り出し、心春の顔を下から覗き込んだ。

「どういうことなの？　博子、保留にして」

「はい」

　軽やかな保留音が流れ出す。

「ちゃんと説明しなさいよ。家庭の事情ってなんのことなのよ」

　みんなの視線を感じているのだろう、心春は逃れるように窓の外に視線をやった。

「別にたいしたことじゃないよ。私が産まれてすぐに親が離婚。理由は知らないし、前のお母さんは顔も知らない。私を捨てて出て行ったんだって」

　流れる夜の闇を見つめる心春が窓に映っている。

「別に不幸だなんて思ってないよ。お父さんは今のお母さんと私が三歳の時に再婚した。教えてもらうまでは、ずっと本当のお母さんだと思ってたし」

　淡々と語る心春に、健太が私を見てきた。なにか質問しろ、という合図なんだろうけれど、どうがんばっても言葉が出てこない。

「どうしてそのことを知ったのですか？」

　代表して質問する博子に、心春は首をかしげた。

「小学生の時かな。ヘンな電話がかかってきたんだよね。前のお母さんからだった。それで知ったの。すごく会いたがってたけど、知らない人だし」

　吐き捨てるように言ったあと、心春はスマホを見やった。

「でも、こんなのよくある話だし、今回のことと関係ないよ。私はお母さんが厳しいことが嫌でたまんないだけだし」

保留音が何度目かのリフレインを奏でている。博子が通話ボタンを押した。

「お待たせしてすみませんでした。事情、伺いました」

『心春は、なんて?』

待っている間に心を落ち着かせたのだろう。やさしい声がスマホから聞こえる。

「実の親子じゃない、と。でも、それは今回のことに関係ないとおっしゃっています」

『私もそう思います。心春のことは、実の子供以上に愛しているつもりです』

心春はじっとスマホを見つめたまま微動だにしない。

『心春、聞こえる? あの……ね、あなたが出て行ってから、初めは怒りでいっぱいだったの。最近、家出することが増えていたでしょう?』

「そうなの?」と健太が口の動きだけで心春に尋ねるが無視されている。

『でも、朝になっても帰ってこなくって……。散々探したのよ。誘拐されていたら、って思ってこれから警察に行くところだったの』

涙声になるお母さんに、心春は目を伏せ唇を噛んだ。

『さっき、おばあちゃんから電話があってね。あなたが青森に向かっていると聞いた時、怒る気持ちはどっかへ消えてね、心の底からホッとしたの。でもダメね、せっかく博子さんが電話してくれたのに、また怒っちゃった。いつもそう。どうして怒ってしまうのか、自分でも分からないの』

洟をすする音に続けて、お母さんは『ごめんなさい』と言った。

『心春は『関係ない』って言ってくれたみたいだけど、改めて考えると、やっぱりお母さん、気負いすぎているのかもしれない。本当の親子だって思い込んでいても、どこかでもっとしっかりしなくっちゃ、って……。あなたの気持ちも考えずに……ごめんなさいね』

心春の目に涙が浮かんだかと思うと、それは今、音もなく頬にこぼれ落ちた。

『お母さんと話もしたくない、って思われててもしょうがないけれど、これからはお母さんも自分自身で「母親として完璧じゃない」と言い聞かせて接することにする。だから、おばあちゃん家に顔を出したら、家に帰ってきてほしい。お願いだから……』

「お母さん！」

耐え切れずに心春が叫んだ。

『心春！　ああ、よかった。元気なのね？』

「おか……さん、私、私……」

小さい背中を丸めて泣く心春を、博子が抱きしめた。

「ちゃんと言葉にしよう。ね？」

「私……。怖かった。ずっと……」

しゃくりあげながら心春は言った。

「お母さんが怒る度に、あの電話を思い出して……。きっと、私が本当の子供じゃないからだ、って。でも、そんなこと言えなくて。お母さんのこと好きなのに、また捨てられたらどうしよう、って。だったら自分から出ていこう、って――」

最後は声にならず泣き崩れる心春。博子も同じようにボロボロと泣いている。

不安が不安を呼び大きな山のようになり、耐えきれなくなって自分から壊そうとしたんだね。強がりもそっけなさも、自分を守るために仕方なく身につけていたんだ……。

「捨てられてもいい。今なら大丈夫だから、私、おばあちゃんと暮らしてもいいから。それでいいから！」

心春の叫びは自分を守る最後の抵抗のように思えた。

「バカ！　なんてこと言うのよ!!!」

怒鳴る健太の口を慌てて押さえる。

「心春、違うでしょう？　それは本心じゃないよね」

涙で歪んだ顔のまま私を見た心春は、博子の体を押しのけると両手で顔を覆った。

自分ではどうしようもないことが彼女をずっと苦しめて来たんだ。

スマホ越しに、『心春』と落ち着いた声が聞こえた。荒れ狂う嵐に急に光が射したように、誰もがハッと顔を向けるほど、お母さんは落ち着いていた。

『お母さんね、今でも心春に初めて「お母さん」って呼ばれた日のこと、覚えているの。本当にうれしかった。血のつながりなんて関係ない、って心から思えたのよ』

なんてやさしい声なんだろう。誰かを想う気持ちがそのまま言葉になっていると思った。

『でも、ダメね。やっぱり、どこかで『本当のお母さんになりたい』って、願い続けているの。だからあなたに厳しくしちゃって……。それでもあきらめない。お母さん、ちゃんとあなたに信頼してもらえるようにがんばるから。だから、お母さんを許せるようになったら帰ってきてね』

お母さんも泣いているようだった。心春も博子もボロボロ涙をこぼしている。そして、右を見ると健太も号泣している。なんで健太まで⁉

「お母さん」博子が言った。

「大丈夫ですよ、心春さんはとっくにお母さんを許していますよ」

『そうでしょうか……』

「私、これから青森で降りて心春さんと一緒におばあさまの家まで付き添いますから」

初耳の予定に、私を含めた全員が目を丸くして固まった。

「明日になったらきちんと心春さんを家までお送りします。心春、いいよね？」

心春がこくりとうなずくのを見て、心がふっと軽くなるのを感じた。

「お母さん、私まだ謝らないよ」

『ええ、それでいいのよ』

「また家出するかもしれないよ」

『帰ってきてくれるなら、お母さん待っているから』

もう大丈夫だろう。博子もそう思ったらしく、胸をなでおろしている。

「そういうことですから、お母さん、夜分に失礼しました」

『本当にありがとうございます。あの、本当に感謝しています。心春、あったかい恰好して寝てね』

「うん」

最後までぶっきらぼう。それでも丸い声で心春は言った。

『おやすみなさい』

「おやすみ」

心春がスマホを手にすると、通話を切った。と同時に、『泣けるわ！』と健太が雄たけびをあげた。

「もう、サイッコーの仲直りね！　感動しすぎてまだ涙がとまらないわよ」

ハンカチを目に当てる健太に私も目じりの涙を拭った。

「心春、よかったね」

心の底からそう言えた。お互いに電話をする作戦は大成功のようだ。

「博子、サンキュー」

袖でゴシゴシ涙を拭ったあと、心春にやっと笑みが浮かんだ。

「こちらこそ。これで借りは返しましたからね」

「ほんとにおばあちゃん家まで付き合ってくれるの？」

「もちろん。その代わり、おばあさんの家に泊めてくださいね。さすがにホテル探すの大変ですし」

「モチ」

心春はそう言うと、お腹が空いたのかまたお菓子を漁りだした。

「こっちが歴代一位かも」

そんなことを言いながらまだ涙を拭いている健太に私は尋ねた。

「ね、青森って何時着?」

「あと一時間ちょっとくらいかしら」

「そっか……。なんだかあっという間だったね」

お菓子を分け合うふたりを見る。乗車してきた時とは随分印象が違って見える。背負っていた重い荷物を降ろしたからかもしれない。私もそんな風になりたいな、とうらやましくなった。

私が荷物を降ろす時は、どんな状況なのだろう。札幌に着いたことを知らせた海斗が喜んでくれている映像は、頭には浮かんでこない。きっと、困らせてしまうのだろう。

「琴葉は札幌までですよね?」

博子が思い出したように尋ねた。

「そのつもり。でもふたりを見ていたらなんだか逆に落ち込んじゃった」

正直な気持ちだった。さらに重い荷物を背負って帰ることになるかもしれない。帰りの深夜特急にひとりで乗ることになるかもしれない。プロジェクションマッピングを一緒には見られないかもしれない。

たくさんの『かもしれない』は、ネガティブなことばかり。

「彼氏に会ったらなんて言うの？」

心春が背伸びをしながら尋ねた。

「なんにも言えないかも……。距離が近くなればなるほど、自分がとんでもないことをしてるんじゃないかって気持ちになってるの。会わないほうがいいような気もしてるんだよね」

「また、あんたはそんな弱気発言して」

呆れ顔の健太が私の右腕を叩いた。パシンと音がした。

「痛いなぁ」

大して痛くもないのに、私は顔を歪めてみせる。私と海斗は家族じゃないから、目の前のふたりみたいに解決はしない。会いに行く、という意志は時間とともに薄れる一方だ。

「会えば分かるんだから、考えても無駄よ。その時その瞬間になれば、自分がどうしたいかは明確に見えるから」

「目に見えるの？」

心春があどけない表情で首をかしげた。

「違うわよ。物の例え。いざとなれば本心が分かるっていう意味よ。まったく、少しは本を読みなさい」

「本は関係ないじゃん」

挑むように言う心春を、健太はため息で迎え撃つ。

「関係ありありよ。本を読むとね、様々な言葉や単語、言い回しが学べるの。今の若い子はスマホでゲームばっかりしてるでしょ。だから日本語に疎くなるのよ。ほんっと嘆かわしいわ」

「ああ、そうらしいですね」博子が同意する。

「メールやアプリのメッセージばかりで文章を手書きしないから、漢字を読めても書けない子が多いそうですね」

「このことは音楽にも同じことが言えるのよ」

「音楽？」

どういう関係があるのか分からずに私も問い返した。

「昔はＣＤアルバムとか買ってきたら、まずは歌詞をじっくり読んだものよ。読むだけで世界観に浸れたり、感動したわ。でも、今じゃ配信で聞くことが多いじゃない。そうすると、歌詞を読むよりも先に再生ボタンを押しちゃうのよね。歌詞よりもリズムが主張している、っていうのかしら。美しい日本語が失われていくようで残念だわ」

「歌詞だけを読むなんてきしょい」

心春が舌を出してヘンな顔を作った。

「気色悪くありません。心春も本や歌詞を読みなさい。今は電子書籍だってあるんだから」

健太も負けじと舌を伸ばしている。このふたり、なんだか似ている。

「てか、健太って現代社会を嘆くおじいちゃんみたい」

「なんですってぇ！」

健太が吠えるのを見て思わず笑ってしまった。見ると、心春も博子も、当の健太ですら笑っている。なんだかいいな、と思った。

落ち着いた頃、博子が私を見た。

「なんだかあっという間に青森なんですね。函館につく手前で戻る道ができてよかったです」

「うん。私もうれしいよ」

本心からそう言った。きっとこれから先も悩むことはあるだろうけど、今の博子なら乗り越えられるような気がした。心春も同様だ。

「琴葉の問題もうまくいくといいですね」

「ありがとう。どうなるか分からないけど、博子や心春に勇気と元気をもらえたよ」

久しぶりに健太が電子タバコのスイッチを入れた。

「青森駅で降りたらすぐにタクシーに乗るのよ。もう深夜なんだし危ないんだから、必ずよ」

「はーい」

心春が右手をあげて返事するのを確認して、健太は財布からなにかを出すと博子と心春に渡した。見ると、薄いプラスチックでできた名刺だった。レインボーカラーの鮮やかなデザインに、『健太』と書いてあり、下には電話番号と、メールアドレス、ＳＮＳのアカウント名が記載されていた。

「おばあちゃん家に無事ついたら電話でもメールでもいいからしてちょうだい。まぁ、そのあとは悩みごとがあればいつでも連絡くれていいわよ」

少し照れくさそうに言う健太が、急に頼りがいのある人に思えた。そもそも、健太が問題提起をしなければなにも生まれなかったんだ。

「この名刺のデザイン、古っ。ほんと、おじいちゃんみたい」

名刺をまじまじと眺めてつぶやく心春に、

「あんたねぇぇ！」

再び咆哮をあげる健太。大きな笑いがまた生まれた。


トイレに行くために部屋から出た私は、そのまま隣の車両へ向かった。連結部では暖房が効いておらず、あまりの寒さに目が冴えた。

改めて自分が北に向かっていることを思い知らされる。食堂車とは逆に位置する車両はトイレの他にも、簡単なラウンジのようなスペースがあった。窓に向かって並べられたソファから、外の景色が見られるようになっている。

窓にそっと手を当てて空を見上げた。薄暗い照明のせいか、たくさんの星が輝いているのが見えた。

星空に包まれ北上する深夜特急には、不思議な力がある気がする。博子や心春の抱えている悩みが軽くなって本当によかった。

トイレを終えると、まだ青森まで時間があることを確認してソファに腰をおろした。

スマホを取り出して、メッセージ画面を呼び出した。結局、海斗に電話もメッセージもしてないな……。さすがにこの時間のメッセージは怒らせちゃうだろうな、と考えてからふと気づく。

そうだ、最近の私は海斗を怒らせないようにすることばかり考えていた。以前はやさしかった海斗も、今は少しのことでも機嫌を損ねる。そうならないように私は頭をフル回転させてばかりだ。

――そんなの、愛じゃない。

ふいに頭に浮かんだ言葉を打ち消した。

博子や心春を見ていて思った。原因はお互いにあるものだ、と。私は気づかないうちに海斗を責めていたのかもしれない。彼を想う気持ちは変わっていないのに、距離に負け不安が大きくなっていたんだ。

まだ、海斗との間に愛はある。彼もきっと想ってくれている。信じたくて信じられなくて、だけど明日には答えを出さなくちゃいけない。

「お客様」

急に声をかけられ、驚きのあまり「ひゃ」と気の抜けた悲鳴をあげてしまった。振り向くと、見知らぬ男性が立っていた。数秒後に、乗車した際に会った車掌だと思い出した。

「驚かせてしまい申し訳ありません」

頭を下げる車掌に、急いで立ち上がり私もお辞儀をした。

「こちらこそすみません。ぼんやりしていました」

「そうでしたか。間もなくこの部屋の照明を暗くするものですから、お声をおかけしました」

「分かりました、戻ります」

「あと十分ほどは大丈夫ですので、よろしければおくつろぎください」

「いえ、大丈夫です」

「そうでしたか」にこやかに車掌がほほ笑む。

「車掌さんは徹夜なんですか？」

ふと疑問に思いそう尋ねた。なんでも心にしまっておけない性格なのが長所兼短所の私である。

「いえ、次の青森で運転手と車掌二名は交代となります」

「そうなのですね。お疲れ様でした」

「深夜特急の旅はいかがですか？」

そう言いながら帽子をとる車掌さんは意外にお歳を召しており、深い笑い皺が顔に線を作っていた。標準語でしゃべっているが、語尾になまりが引っ付いている。

「初めて利用させていただいていますが、とても快適ですね。それに、同室のかたたちもすごく良い方たちでラッキーでした」

「ああ、あの」と車掌がにっこり笑う。おそらく食堂車の予約での一件を思い出しているのだろう。

「楽しそうなかたですね。どうぞ到着駅まで楽しんでくださいませ」

再度頭を下げると、スムーズな動きで扉を開けてくれた。お礼を言って部屋へと歩き出す。

不思議な気持ちだった。たくさん寝たあとのように、頭の中がすっきりしている。海斗に会いにいくために乗った深夜特急。札幌についたあと、自分がすべき行動が少し見えた気がした。
でも、今はまだ結論を出したくない。
札幌駅へ到着するまでの間に、私なりの答えが出るはず。
きっと、きっと。

第六章　北緯四十度　青い光の中で

音を立ててドアが開いた途端、猛烈な冷気が一気に車内に押し寄せてきた。一瞬で暖房の効果が消滅し、眠気なんてどこかへ飛んで行った。

「うわ！　さぶい、死ぬ！」

悲鳴をあげながらホームに降りる心春に、

「転ばないでくださいよ」

と言ってあとに続く博子。青森駅で先頭車両の付け替えをおこなうため、十分ほど停車するらしい。

真っ暗なホームにいくつかの白い蛍光灯。澄んだ空気の中に浮かびあがっていて幻想的だ。

私たちは別れを気づかないフリではしゃぎながらホームに降り立つ。夜中だというのに、車両の付け替えを見学するため乗客もまばらにホームを歩いている。

さっきまで見えていた星はどこにも見当たらない。曇り空なのだろうか、真っ黒な世界でこの駅だけが宙に浮いているようだ。

「青森かぁ」

つぶやく声が白い息になり舞っている。

「久しぶりにここに来た！」

すっかり元気な心春の声が、ホームにこだまする。

「この時間でもタクシーが待っていてくれればいいのですけど」

博子の顔も、憑き物が落ちたように明るい。自動販売機で温かい飲み物を健太が買って、みんなに配った。

「お餞別代わりよ」

まだそんなに時間が経っていないのに、出発を知らせるアナウンスが聞こえ、乗客たちは先頭車両のほうから自分の車両へ移動をはじめた。

「本当にありがとうございました」

博子が深くお辞儀をした。

「健太、琴葉、またね！」

夜中だというのに元気一杯に心春が手を振った。

「ふたりとも気をつけてね。私にも電話かメールしてね」

私もみんなとアドレス交換をしたのだ。

「すぐにタクシーに乗るのよ。知らない人に話しかけられてもついて行っちゃだめよ」

お母さんのように心配する健太に、

「博子もいるし大丈夫」

心春は素直にうなずいている。

「寒いですからふたりともなかに入ってください。心春、行きましょうか」

博子が心春に言う。再度アナウンスが流れ、小さな音でベルが鳴った。

健太に続いてステップをのぼってからふり返る。ああ、本当にお別れなんだ……。

「さようなら」

そう言う私に、心春が、「またね！」と大きく手を振った。

たしかにその言葉のほうがしっくりくる。再会できるなら私もまたふたりに会いたい。

「またね」

言い直すと、心春は満面の笑みを返してくれた。健太は黙って手を振りながらハンカチで目を押さえている。さっきからやたら泣き上戸だ。まぁ、あれだけビールを飲んだから仕方ないか。

ドアが閉まり、ガクンと揺れてからゆっくりと列車は発進する。歩き出すふたりをすぐに追い越し、闇の中へ滑り込んでいく。

さようなら、またね、また会おうね。

「ああ、寒い。早く戻りましょうよ」

感傷の時間は終わり、とでも言いたそうに健太がせかしてくる。

部屋へと歩き出すけれど、さっきまで一緒にいたふたりがいなくなっただけで、喪失感があった。

「なんだか少し寂しいね」

「そうね」

反対されるかと思ったけれど、前を歩く健太は意外にもうなずいてくれた。

「なんだか寂しくなっちゃうね。また会えるかな」

「そんなのあなた次第じゃない？」

振り向く健太の目が赤い。

「私の問題なの？」

「旅は一期一会って言うでしょう？　二度と会えないかもしれないから、その瞬間を大切にするの。でも、縁ってのは、最終的には自分で選択するものだと思うの」

「選択……」

そうよ、とあっさり健太は言った。

「本気で会いたいと思うなら行動に移すものよ。待っているだけじゃ、よほどの偶然がない限り会いたい人になんて会えないのよ」

「それって、私と海斗のことを言ってない？」

消極的な恋を茶化された気分になる。健太は再び通路を歩き出しながら、「被害妄想」と四文字熟語で返してきた。

「でもまあどんな人にだって言えることね。学校や職場とかの公的な場所以外での人との縁に言えることとかも。縁で支えられているような気がしていても、結局それって自分で選択しているのよ。本当に分かり合いたい人なら、勝手に行動を起こすものだと思うし。あなただって現に行動してるじゃない」

部屋の前まで戻ってもまだ寒さがついて来ているみたい。かじかんだ手で鍵を探していると、廊下の向こうから初老の男性が歩いて来るのが見えた。その恰好を見て思わず鍵を落としそうになった。赤い毛糸の帽子に赤いコートを着ていて、まさしくサンタクロースみたいだ。身長も高く、年齢は七十歳くらいだろうか。

「すまんが教えてくれないか」

思ったよりも張りのある声だった。

「これはどこの号車かね。目が悪くてよく見えんのだよ」

「拝見します」

健太がおじいちゃんの出した切符を覗き込む。六号車七番、と記してあるのが見えた。たしかに切符に書かれている文字ってかなり小さい。

「うーん。どう見てもあたしたちと同じ部屋だわ」

確実に迷惑そうな声色で健太が言うので、

「よかったですね。お部屋はここのようです」

かぶせるように言い直す。おじいさんは「おお」とシワだらけの目を見開いてうれしそうに帽子を取った。豊かな白髪をうしろに流し、帽子がないだけで赤いコートもダンディに見える。

「ここか、いやぁ助かった。ウロウロしてしまった。徘徊と間違われちまうな」

豪快にガハハハと大声で笑っている。

「……笑えない」

ボソリとつぶやいた健太のお腹に肘鉄を食らわせると、おじいさんを先に部屋へ通した。おじいさんはするりと部屋に入っていく。続こうとした私の腕を健太が引き留めた。

「ちょっとぉ、なんで今回は女か老人しか来ないのよぉ」

「シッ、聞こえちゃうでしょ。少なくとも念願の男性じゃないの」

おじいさんは部屋を見渡していたが、

「ベッドはどこを使えばいいかな?」

と尋ねてきた。下の段は両方とも荷物が置いてあったので、自分の鞄をどけた。

「下の段がいいですよね。よかったらここ使ってください」

「すまんな。梯子は怖くてな」

よいしょ、と大きな鞄を置くと当たり前のようにおじいちゃんはソファに腰をおろした。さっきまで博子と心春が座っていた所だ。

向かい側に私も座ると、渋々ながら健太も隣に座った。

「はじめまして、琴葉と言います。宜しくお願い致します」

頭を下げると、

「わしは南山孝雄(みなみやまたかお)って名でな。ひとつよろしく」

と私より深くお辞儀をした。

「ここでは名前を呼び捨てで——」

毎度のことながらルールを説明し始める健太を遮るように、

「それにしても」と南山孝雄さんは続けた。

「今回はえらく若いおふたりさんと一緒になったな。アベックかの？」

「いえ、たまたま一緒に乗車しただけです」

苦笑する私に「ほう」と満足げに頷いている。

「でね」と健太が身を乗り出した。

「ここではお互いを――」

「そういえば、琴葉さん、だったかな？　どちらまで？」

「札幌です」

顔を真っ赤にして口を開けたまま固まっている健太を見ながら噴き出しそうになる。健太がペースを乱されるなんておもしろい。

「札幌かあ。わしは何年も行ってないな」

「この人は健太です」

しょうがないから紹介をしてあげることにした。

「いい名じゃな」

「どうも」

下唇を出し不機嫌そうに健太も軽く頭を下げた。本当に、健太は表情や態度に感情が現れやすい。

「驚くかもしれませんけれど」

前置きをしてからルールを説明する。健太にこれ以上へそを曲げられては困るし。

「この部屋ではお互いを名前の呼び捨てで呼び合うルールを作っています。さすがに孝雄さんにはできませんが、私たちは呼び捨てで言いますが気になさらないでください」

「ほう。それはおもしろいな。初対面同士が呼び捨てというのは珍しい」

本当におもしろそうに言ったあと、孝雄さんはあごに親指と人差し指を当てた。

「じゃあ、わしも参加しよう」

「冗談でしょ。無理よ、高齢者にそんなのできないわよ」

健太は平気で失礼なことを口にした。が、孝雄さんは声にして笑った。

「琴葉に健太、じゃな。わしのことは孝雄と呼んでくれ。なぁに、宇宙の歴史からしたらわしらなんて同じ歳くらいじゃろ。かまわんよ、呼び捨てで」

気後れして健太を見る。私の視線に気づいているくせに、素知らぬ顔で健太はニヤリと笑った。

「孝雄がそう言ってんだからいいじゃない」

「え、もう呼び捨て⁉」

「久しぶりに呼び捨てで呼ばれてむしろ爽快な気分だ」

上機嫌で大笑いをしている。

「はい、じゃあ決まりね。良かったわ、このルールが通用する相手で。高齢者って頑固一徹って人が多いじゃない？　あたし、年上の人って苦手だからうれしいわ」

ようやくペースが戻ったのか、健太が饒舌になる。

「健太は俗に言うレディーボーイってやつかな？　これは土産話に丁度良いな」

「なによそれ、聞いたことない言葉よ。死語じゃないの？」

健太が訂正するが、孝雄さんは気にする様子もなく、しゃがれ声で笑っていた。

「そうかもしれんな。いやぁ、当時は最先端の言葉じゃったが」

鼻の頭をかく孝雄さんを見ていて違和感を覚えた。

「あの、気に障ったらすみません。孝雄……は、青森に住んでいるのですか？」

「そうじゃよ」

私の違和感の正体を知っているかのように、孝雄さんは澄ました顔をしている。

「どういうこと？　なんで今のが失礼になるのよ」

質問に、孝雄さんに視線を向けたまま答える。

「だって、東北弁？　みたいな、方言でしゃべってないから」

「ご名答。わしは青森生まれだが、長い間東京で仕事をしておってな。だから、今でもあまりこっちの言葉はわからん。青森には津軽弁のほかにも南部弁や下北弁なんかがあってややこしんじゃよ」

たしかに青森の方言は難解なイメージがある。といっても、テレビ番組からの情報だけれど。

「た、孝雄は、どちらまで行かれるんですか？」

年配者を呼び捨てにすることにはどうしても躊躇してしまう。

「わしは函館まで。つまりは一駅しか乗らんのだ」

「一駅？」

健太を見ると、やれやれという顔をして口を開いた。

「今は青森でしょ？　これから青函トンネルを走るの。青森と北海道をつなぐ海底トンネルよ。たったひと駅だけど五時間くらいはかかるのよ」

孝雄さんがほほ笑むと、顔じゅうのシワが大移動した。

「毎月この列車に乗って函館に向かうのが恒例行事となってってな」

「そうなんですね」

　胸がドキンと打った。トンネルを抜けるといよいよ北海道に上陸する、という現実に苦しくなった。

　今ごろ、海斗は夢のなかだろうか？　私が向かっているなんて、それこそ夢にも思っていないんだろうな。

　どんどん自分の気持ちが上塗りされている。それは、健太たちに出会ったから？　それとも、この深夜特急にはそういう力があるから？

　どちらにしても、海斗に会うまでに自分の気持ちをちゃんと確認しなくちゃ……。

「孝雄はいくつなのよ」

　健太の質問に、顔を上げると孝雄さんと目が合った。なぜか見透かされた気がするのは、私の気の弱さのせいだろう。

　孝雄さんはコホンと咳払いをしてから胸を張った。

「八十歳になる」

「ええっ」

　思わず声に出してしまう。思ったよりもずっと上の年齢だった。きっと、赤いコーディネートに惑わされたのだろう。

「とってもお元気そうですね」

素直にそう言った。すると、孝雄さんは眉をひそめて私を見た。

「八十って言ってもまだまだ若いと思っとるよ。お嬢さん……ええと、琴葉くらいから見たらおじいちゃんでも、わしより元気な九十歳やその上だっておるぞ」

「すみません」

つい自分の杓子定規な考え方に、恥ずかしくなった。

「ま、そうは言っても、今年の寒さには幾分やられたがな」

一転明るい口調で孝雄さんが言ったので救われた。

「さっき、土産話っておっしゃっていましたよね？　誰かに会いに行くのですか？」

横で健太がポンと手を打った。

「そうそう、月に一回の恒例行事とも言ってたわね。そんなに函館に行ってるの？」

「そういうおふたりさんはなにしにどこまで行くんじゃ？　答えるのはそれを聞いてからでもいいかな？」

確かに自分のことを話していないのに不誠実だ。年の功、と言うのは失礼かもしれないけれど、年配者との会話では学ぶことが多い。

「あたしは恋人に会いに行くの。すっごくやさしいカレシなの。距離があって大変だけど、愛に距離は関係ないでしょう？　あたしは愛に生きてゆくのです！」

街頭演説か、というくらい声高らかに宣言したあと、健太は私を指さした。

「琴葉も同じように恋人に会いに行くらしいけど、距離に負けた失敗例なの」

「ちょっと、失礼すぎる。私だって幸せだもん」

「そう？　あたしには黒いオーラを背負っているようにしか見えないけどね」

本当に健太という人間は、相手を怒らせる能力に長けている。人が嫌がるツボをピンポイントで突いてくる感じ。

「そんなことない。私は絆を深めるために会いに行くんだから」

ムキになって言うことでもないのだろうが、認めるのは癪に障る。会いに行く理由には、半分以上、願望が含まれているのけれど。

孝雄さんは細い目を丸めて私を見た。

「琴葉は強いのう」

「え？　どうして？」

どうして強いことになるの？　弱いからこそ信じられなくて札幌に向かっている

のに。

「今の若い世代は受け身に回る子ばかりだと思っていたよ。いや、すごい行動力だよ」

「……でも、衝動的にこの電車に飛び乗ったようなもんなんです」

素直にそう言った。弱いからこそ攻撃に転ずる、所謂『負け犬の遠吠え』なのだ。

ううん、遠吠えをするならまだマシだ。物分かりのいい人を演じ、彼に嫌われないようにしていただけなのかもしれない。

「自分の気持ちに正直に行動できることが素晴らしいよ。思ったことを行動に移すのには、それ相応の覚悟と勇気が必要だったろうに」

ほほ笑む孝雄さんは、まるで本物の祖父のように見えた。

「確かに行動力はすごいわね」

健太が若干悔しそうに言う。

「なんか、健太が言うとイヤミにしか聞こえないんですけど」

「せっかく褒めてあげたんだから素直に喜びなさいよ」

その言葉に孝雄さんがガハハと体を揺らせた。

ふと、窓からの暗闇が青い光に変わった。黒だけじゃなく、薄青く光っている。

私の視線に気づき、孝雄さんが目線を外に向けた。

「青函トンネルに入ったか」

「海底を走っているなんて不思議ですね」

この海を越えたら、北海道の地に入る。朝には私の故郷であり、海斗の住む札幌に到着するだろう。

私は、私は……どうすればいいのだろう。こんなに長い距離をかけ旅をしているのに、まだ明確な答えが出ていない。

うっすら見えている輪郭を見ようとしない私は、やっぱり弱虫だ。

「そろそろ孝雄のことも話してよ」

思考は健太の声に中断される。

「わしの話は聞いてもつまらんよ」

「なによ、散々人に言わせといて」

「まぁ、慌てなさんな。話さんとは言っておらん。同じじゃよ。健太や琴葉と同じ、わしも好きな人に会いに行くのじゃ」

「やるじゃん、孝雄」

ヒューと口笛を吹いてから、健太は急にしかめっ面になった。

「ちょっと待って。ひょっとして許されない恋でもしているとか？　まさか、不倫してるんじゃないでしょうね⁉」

「いやいや」苦笑した孝雄さんが腕を組みソファにもたれた。

「自慢じゃないが浮気はしたことがない。妻に会いに行くってことだ」

妻に会いに行く？　思考が渋滞しはじめている。同じように健太も「ほえ」と、聞いたことのない驚きの声をあげた。

「孝雄は青森に住んでいるんでしょう？　なんで奥さんは函館にいるのよ。別居でもしてるの？　それとものっぴきならない事情でも？」

「まあまあ焦りなさんな。話すと長くなるが、質問の答えは全部、『その通り』じゃ」

小さくため息をつく孝雄さんの目が急に翳ったように思えた。青い光の中、さみしげに見えるのが不思議だった。なにか事情があるような雰囲気を感じ、健太と目を合わせる。

これ以上聞かないほうがいいんじゃ、という私の心配をよそに、健太はいそいそとテーブルの上にビールを並べ出した。

「時間はたっぷりあるわよ。孝雄が言いたくないのなら聞かない。でも、酒の肴になるなら何時間かけてもいいから話してよ」

「お、酒か。それじゃあ話さんわけにもいかないな」

　フォフォフォフォと、サンタクロースがしそうな笑い声をあげ、孝雄さんはビールを受け取った。その手にもたくさんのシワやシミが刻まれている。

「つまらんかったら、途中で言っておくれ」

　そう前置きしてから孝雄さんはビールをあおると、私と健太の間あたりに視点を置いた。

「妻はな、函館にある病院に入院しているんだ」

「そうなのですか……」

　聞いてはいけないジャンルの話だったかも、と少し後悔する。

「どうする？　こんな暗い話でもよいかの？　それにえらく長い話になるぞ」

「もちろん。聞かせてほしいわ」

　健太が笑みを消してまっすぐに孝雄さんを見て言った。孝雄さんはその視線を受け止めると、もう一度ビールで喉を潤した。

「わしの妻は今年で七十歳になる。これは、今から十年も前の話なのだが……。ある日妻が『右足が動きにくい』と言い出しおってな」

思い出すように天井に視線をさまよわせる孝雄さん。同じように私も薄暗い天井を見た。

「初めは気にせんかった。ほれ、わしらくらいの歳になると、あそこが痛いここが痛い、ってのは日常茶飯事だからな」

孝雄さんの表情には、なつかしさと苦しみが同時に存在していた。

「病院には行ったの？」

健太が尋ねると、孝雄さんは鼻から大きく息を吐いた。

「初めはすぐに治ると思っていた」

なつかしさは消え、苦渋に満ちた顔に変わる。思っていた、ということはそうはならなかった。そういうことだ……。

「そうこうしてる間に、今度は腕もあがりにくくなってきよってな。これはおかしい、と病院へ行った。色んな検査をされ……。最終的に先生にその結果を言われた」

「なんて？」

健太の声が真剣になっている。思い当たることでもあるのか、前のめりになって孝雄さんの口元を凝視していた。

「ＡＬＳと言われたよ」

その言葉に健太が息を呑んだ。

「……難病じゃないの、それ」

意味が分からず、私はキョロキョロとふたりを見る。

「ＡＬＳ、つまり『筋委縮性側索硬化症』のこと。難病に指定されているのよ」

戸惑う私に健太が説明をしてくれた。

「健太はよく知っているんじゃな。そう、わしも説明を受けて驚いてひっくり返りそうになったもんじゃ」

そうだった。健太は看護師と言っていた。スマホで調べるのも失礼なので、思い切って尋ねることにした。

「そんなに難しい病気なのですか？」

健太が、孝雄さんを見たままでうなずいた。

「ＡＬＳは、全身性の運動麻痺疾患よ。全身の筋肉が委縮、つまり筋肉がだんだんと動かなくなってゆくの」

「筋肉が？　えっ、どういうこと？」

「四肢、つまり手足ね。そこから動かなくなり、寝たきりのようになるの。最後には顔も口も動かなくなるのよ……」

　全身がだんだん動かなくなる……。想像もできないほどに重い病気を患っているんだ。孝雄さんはビールをあおると私を見た。

「それから妻は函館の病院へ入院した。当時、青森ではまだまだＡＬＳの治療が充実してるとは言えなくてな」

　健太は黙っている。

「あっという間に足がまったく動かなくなり車椅子になった。一年を過ぎた頃には上半身も動かんようになってしもうた。神経難病の診療をしてくれる有料老人ホームに入った。それからは寝たきりじゃ」

　無意識に唇をかんでしまっていた。ハッとして顔をあげると孝雄さんはさみしそうに目を細めている。

「ほら、つまらん話じゃ。もう止めよう」

　なんて言えばいいのだろう。こういう時に気の利いた言葉なんてひとつも思いつかない。

「――ＡＬＳは」

　健太が静かにつぶやいた。

「三年から五年で呼吸器麻痺を起こすと言われているわ。つまり自分の力では呼吸ができなくなる。奥さんは十年も入院しているのよね。ということは……」

　孝雄さんは健太を見て、やれやれと頭をかいた。

「驚いたよ。健太はやけに詳しいんじゃな」

「まあね。私、看護師なの」

　あっけらかんと答える健太に、孝雄さんの目がハッと見開くのを見た。

「どうりで病名がすぐに分かったわけだ」

「ALSの患者さんも担当させてもらっているの。だから、奥さんの症状を聞いた時に、『ひょっとして』と思った。函館に神経難病に強い有料老人ホームがあるのも耳にしたことがあるわ」

　ふいに部屋の中の空気が変わるのを感じた。孝雄さんが迷うように目線を左右に散らせてから、健太を見た。さっきまでと違い、どこか自信なさげに見える。

「君たちにお願いしたいことがある。わしの話の続きを聞き、正直な意見を聞かせてほしい。自分のしたことが正しかったかどうか……分からなくてな」

「もちろん。そのためにここで出会ったのよ。さあ、話してちょうだい」

　当たり前のように言ってから健太は「ね」と私に同意を求めたのでうなずく。

「お力になれるか分かりませんけれど、聞かせてください」

孝雄さんはビールの缶をテーブルに置き、両手を膝の上で組んだ。

「入院して三年経つ頃には、妻はうまく話せないようになってきた。徐々に神経の麻痺が顔にまで現れてきたのだと分かったよ。函館の病院へ行くたびに目に見えて話せなくなる妻だったが、わしが顔を出すと、それはうれしそうな目をしてな。看護師さんが聞き取れないようになっても、わしには分かった。あいつの言うことがわしには全部分かったんだよ」

誇らしげに言う孝雄さんを見て、私は今にも涙が溢れそうになる。好きな人が目の前で動かなくなってゆく。それをどんな気持ちで見ていたのだろう……。泣いちゃいけない、と自分を戒めた。この涙は同情の涙だから。

「わしには息子夫婦がおってな。室蘭に住んでおる。ある日、主治医にみんなが呼ばれたんじゃ」

「……そう」

なにを言わんとしているのか健太には分かっているようだったけれど、私には想像がつかない。

「なんの話だったのですか？」

孝雄さんの言葉を促すように尋ねる。孝雄さんの胸のあたりが青函トンネルの光で青く光ったり、暗くなったりをくり返している。

「主治医は言った。『間もなく呼吸器麻痺が起きるだろう』と。自分の力では息ができなくなるんじゃと。わしらは最後通告をされたんだよ」

「そんな……」

「わしは信じられんかった。若い時から苦労を重ねて、ようやく息子も独立をしわしも定年になり余暇を楽しんでいたのに。『妻は死ぬ』と言われたんだ」

孝雄さんの両手が膝の上で握りこぶしを作っている。強く、強く握りしめている。

「主治医は『人工呼吸器をつけるかどうか選択をしろ』と言う。わしはもちろん『つけてくれ』と即答した。しかし、主治医は……」

健太が悔しそうな表情で押し黙っている。なにか言いたいが言えない、そんな風に見えた。

「主治医の説明だと、現在の医療ではＡＬＳの場合、一度呼吸器をつけてしまうと、二度と外せないと。系列の施設へ移り、そこで呼吸器を管理していく。そんなことを言うんだよ」

「延命治療を開始すると、途中で止めることができないの」

健太が小さな声で言った。

「どうして？」

「ＡＬＳの場合、人工呼吸器を止めるというのは、その患者さんを死なせることになるからよ。つまり、分岐点があるのは一回きりなの。そこでの選択が永遠の答えになるのよ」

寂しそうに健太は言った。きっと彼も同じような場面に何度も立ち会ったのだろう。生きるか死ぬかを選ぶのが、たった一回だけなんて、あまりにもつらい。

「主治医は、『人工呼吸器をつけると長ければ寿命まで生きるかもしれない。けれど、それはただ生き永らえるだけ。本人が望んでいるのかも考えて答えを出してほしい』と。わしは生きてほしかった。ひょっとしたら何年後かには新しい治療法が開発されるかもしれん。そう、迷いなんてまったくなかった。でも……」

「息子さんが反対したのでしょう？」

健太が言った。

「ああ」孝雄さんが苦しそうに言った。

「あいつはこう言ったんじゃ。『おふくろはもう十分生きた。呼吸器をつけても寝たきりでは不憫だ』って」

その時を思い出してか、怒りを顔に滲ませた孝雄さんは語気を強めた。

「みんなでわしを説得しようとした。『今は良くてもあなたが死んだらどうするんだ』『一か月の治療費がいくらかかると思ってるんだ』ってな。わしは情けなくてな。汗水たらして働いて育てた息子や孫までも、呼吸器をつけるのに反対した」

「つらいわね」

席を立った健太が孝雄さんの隣に座り、その大きな肩を抱いた。

「妻は目の前で生きている。動けなくても生きているんだよ。それを、あいつらは殺せと言っているように思えてな。わしは強引に人工呼吸器をつける判断をした。なに、わしには少なからずの蓄えもある。妻の寿命までは延命治療を続けられるじゃろう」

むんずとビールの缶をつかむと、孝雄さんは飲み干した。私は息をするのも忘れて、ただただ孝雄さんを見ているしかできない。

「今ではもう、全身が麻痺をしているらしく、話しかけてもなんの反応もせん。わしは毎月病院に行って、妻にひとり言のように話しかけるしかできない」

「どうして？」

思わず口から言葉が出た。ふたりが私を見たので、思ったことを続けた。

「どうして病院のある函館に引っ越しをしないんですか？　それなら毎日でも会いに行けるのに」

孝雄さんは、軽く首を横に振る。

「それも考えた。しかし、青森の家は、わしと妻の思い出の詰まった場所なんだ。縁側に座って庭をぼんやり眺めていると、これまでの人生が思い出されるんだよ。いつか治療法が開発された時に、また妻をあの家に迎えたい、そう思うと引っ越す気にはなれん。あそこはわしら夫婦の家だからな……」

孝雄さんが日本家屋で笑顔で妻と話している。そんな映像が脳裏に浮かんだ。

「一度病院に行ったら五日間は妻といるんじゃよ。病院に寝泊りしてるから、毎回大荷物でなあ」

孝雄さんが送る視線の先には大きなリュックが置いてあった。

「でもさ、孝雄。なんでこの電車なの？」

健太が沈黙を破って問うた。確かにそうだ。青森から函館までなら、この深夜特急を使わなくても新幹線を使ったほうが早い。孝雄さんは部屋を見渡し、鼻から息を吐いた。

「わしが定年を迎えた時にな、妻と何十年ぶりに旅行に出かけたことがある。それがこの深夜特急『ドリーム』だった。どうしても妻が乗りたいと行ってなぁ。わざわざ飛行機で神戸まで行って乗車したんじゃ」

「へぇ……」

健太が目を丸くしてつぶやいた。

「そこから札幌までの旅は本当に楽しかった。妻は子供みたいにはしゃいでなぁ。夜通しで色々話し合った。だから、これに乗って妻に会いに行く。そこでの景色やら出来事を話すのが常になっておる。それにな……」

そう言うと、孝雄さんは私にウインクをして見せた。

「おふたりさんは知っているか分からんが、この深夜特急『ドリーム』はな、『乗った人の夢が叶う』と言われていたりする。噂が広まって、一時は皆がこの列車に乗りたがったもんだよ」

孝雄さんの夢は、きっと奥さんと……。

「孝雄は意外にロマンチストなのね」

感心するように頷く健太。

「ふん。しかし、最近思うんじゃよ」

「なにをですか？」

そう私は尋ねた。

「わしももう歳だ。妻は毎日動くこともできず、ずっと病院にいる。あの日あの時のわしの決断は正しかったのか……。それを最近よく考えてしまうんだ」

そう言って寂しそうにほほ笑む孝雄さんに、かけてあげる言葉が見つからなかった。目線を落とした私に、孝雄さんは静かに聞いた。

「もし琴葉なら、どうした？　愛する人への選択を迫られたとしたら、どう決断をしたと思う？」

ハッと顔を上げると、まだ私をまっすぐに見つめている孝雄さんがそこにいた。

私なら、どうするのだろう？

「呼吸器をつけたか？　それとも安らかに眠らせたか？」

さっきまでの穏やかな口調とは違い、鬼気迫るものを感じて私は口をつぐんだ。

「わしがしたことは、間違いだったのか？」

最後は自分に自問するかのように言う。彼の苦悩に私が言えることはないと思う。

孝雄さんの視線を受けながらも、隣の健太を見る。

「健太は同じご病気の患者さんを担当しているって言ってたよね。そういうご家族はどうなの？」

「それぞれね」そう言いながら、健太は電子タバコから蒸気を吐き出した。

「この問題については、どの家族も必死で悩んで結論を出している。それに対して正しいか間違っていたかは誰も判断ができない。正解はないと思うのよ」

「そう……」

「今では『ACP』という意思決定を支援するプロセスがあってね。アドバンスドケアプランニングの略なんだけど、『人生会議』とも呼ばれているわ。簡単に言うと『自分の最期について色んな人と話し合っておく』ということなの」

すらすらと話しているが、健太の言っていることの半分も理解できない。孝雄さんも同じらしく、首をかしげている。

「ほら、エンディングノートってあるじゃない？　万が一のために自分の希望をノートに記しておくもの。それのもっと細かいバージョンって感じかしら」

「それって、どう死ぬかを決めるってこと」

尋ねる私に「違う」と健太は即答した。

「どう死ぬか、じゃなくて、最期までどう生きるか、よ。孝雄の奥様が病気になった時にはなかったと思うけれど、今では本人に希望を聞いておくことができるのよ」

もやっとした感覚が胸のあたりに生まれている。自分の命の期限を定めることなんて、考えたこともなかった。

『もしも』と考える時点で、安全地帯にいることを確認している気がした。私にそんな決断ができるのだろうか？　家族にそんな事態が起きた時に、納得できるように説明できるの……？

「まあ」と健太は肩をすくめた。

「奥様の希望が分からない以上、孝雄がした決断について、あたしはなにも言えないわ」

急に突き放したような言いかたをする健太に違和感を覚えた。でも、と改めて考えると、自分の意見を述べることがおこがましいのは間違いない。どの答えが正しいかなんて、誰にも分からない。その時、その瞬間に出した答えが一生を左右するとしても、周りがそれに言えることはないのだろう。

「反対していた息子さんはどうなんですか？」

私の質問に孝雄さんは目を細めた。

「しばらくは疎遠になっていたんじゃがな。数年前に息子に孫が生まれてな。わしにとってはひ孫になるんじゃが。病院に連れて来た時に、『こうして母さんにひ孫を見せられて感謝している』なんて言ってたな」

「そんなものよ。状況によって人を許せたり認めたりする。時間が経てば分かることもあるし、逆にねじれがきつくなることもしかり。その時その時の状況に対して、その場限りの判断を下す。それが人間なのかもね」

健太がまた哲学的なことを言った。孝雄さんはひとつうなずいてから、ビールの空き缶をギュッと握った。ベコッという音が大きく響いた。

「あの時、呼吸器をつけたことは今でも後悔はしておらん。しかし、妻がそれを望んでいたかどうか……。きちんと本人に確かめることもせず、強引にやってしまって、それを妻が怒っているのではないかと今でも考えてしまうんだ」

「そんなの考えるだけ無駄よ」

さらりと健太が言ってのけた。

「そうかの？」

「そうよ。自分の選択に自信を持ちなさいよ。奥さんは今でも孝雄がこうしてやってくるのを楽しみに待っているのよ。そんな暗い思考は捨てて、奥さんを楽しませてあげるの」

きっぱりと健太が言うと、孝雄さんの顔が若干明るくなったように思えた。あっさりしている健太だからこそ、その言葉にはいつも力があるのかもしれない。

「孝雄は知っていると思うけど、ＡＬＳの病気では五感が最後まで侵されないと言われているわ。最後に残るのは聴覚。つまり、耳は聞こえているの。そんなことで悩んでいたらすぐに奥さんに伝わっちゃうわよ」

「確かに、悩んでも仕方ないのかもしれんな」

「あたし、孝雄の判断が正しかったかは分からない。でも、必死で考えて出した結論なら、全力で応援するわよ」

「わ、私もです」

急いで付け加えると、孝雄さんは顔をシワだらけにして笑った。

「私も病気のことは分かりません。でも、健太の言うように、孝雄が選んだ答えを応援します」

そう、言いたかったのはこのことだ。正しいかどうかなんて誰にも分からない。ただ、正しかったと信じることはできる。迷っている人を応援することはできるのだから。

「話をしてよかったよ」

穏やかに窓の外を見やる孝雄さんの顔がガラスに映っている。やさしくて力強い笑みだと思った。

気がつくと四時を過ぎていた。シャワーを浴びに行く、と健太がいなくなり、孝雄さんはベッドで休んでしまった。規則正しい寝息が聞こえる。

窓に映る自分の顔は、孝雄みたいに晴れやかでもなければ強くもない。

私がもし孝雄さんの立場なら……。今さらながら、先ほどの孝雄さんの問いかけを反芻する。海斗がもしそうなったら、なんて想像もつかなかった。

なんとなくその場に自分がいないような気がして、そんな想像をしていることに驚いた。自分自身の気持ちが混乱の中にいる。そしてそれはこのトンネルのように出口が見えない。

青い光の中進んでゆく列車は、もうすぐ北海道へ。

第七章　北緯四十一度　きっと、白い朝

さっきから列車の振動が激しい。青函トンネルはもう抜けたのだろうか。列車というよりジェットコースターに乗っているみたいに体が揺さぶられる。

「ちょっと――」

誰かの声が聞こえる。こんなに近くで大きな声で怒鳴らないでよ。

「ちょっと起きなさいよ！」

私に言っているの？　深い闇底から引っ張り出されるように意識がはっきりしてくる。ああ、列車の揺れじゃなくて、体を揺さぶられているんだ。なんとか目を開けると、健太の顔が視界一杯に映し出された。

「ひゃ、なに？」

体を逸らせると同時に、首と肩に痛みが走った。いつの間にかソファで寝ていたらしい。

「函館につくの。孝雄とお別れよ」

見ると、すでに孝雄さんは赤いサンタコートを着てリュックを背負おうとしていた。時計を見ると七時になろうかというところ。気絶したように眠ってしまったみたい。

異様に明るい部屋の中。窓の外には、一面の雪景色が広がっていた。はらはらと舞う雪を切り裂くように列車は北の大地を走っている。

「すみません。寝てしまいました」

振り向いた孝雄さんが首を横に振る。

「起こさんでもいいのに」

「起こしてもらえなかったら、健太とケンカになってましたよ」

ソファから立ち上がる私に、健太は「感謝しなさいよ」と部屋を出て行った。孝雄さんに続き、私も通路へ出ると朝日に目がクラクラする。雪のせいでいつも以上に太陽の力を思い知らされながらも、無言のまま降車口まで歩いてゆく。

たったひと駅だけでも、青函トンネルを抜けるには何時間もかかったんだ。日本地図を思い浮かべてもピンとこないまま、列車はスピードを落としはじめている。

「君たちに会えてよかったよ。まさか初対面で妻のことを、いや、わしの悩みを話せたなんて今でも信じられないよ。もっと信じられないのが、こんなにも気持ちが軽くなったことだ」

窓に流れる景色を眺めたまま孝雄さんが言った。

「私たちも勉強になったわ。いくつになっても悩みはなくならないし、それは愛があるからこそ、なのよね」

いちばんうしろにいる私には健太の表情も分からなかったが、その言いかたはやさしさであふれていた。

「琴葉も健太も色々あるだろうが、わしもがんばるから君たちもな」

「あら、あたしはがんばらないわよ。孝雄も琴葉もそうよ。がんばる、っていうのは自分に無理させること。気負わずに自分が選んだ道を信じてやるだけよ」

たまに核心に迫ることを言う健太が好きで嫌い。

「ありがとうございました。私なりに答えを出してみます」

頭を下げる私に「ああ」と孝雄さんがうなずく。

函館駅へ流れ込んだ列車が今、ゆっくりと止まった。ドアが開くと同時に冷たい風が車内に吹き込む。ホームに降り立つ孝雄さんの先には、真っ白に染まるビル群が並んでいる。

「孝雄、元気でね。奥さんによろしく」

健太が言い、手を振る。孝雄さんも私も手を振り合う。たったひと駅だけの友達。

「どうかお元気で」

私が言った一秒後、ドアは閉まった。

すぐに動き出す列車に、孝雄さんの姿は小さくなっていく。サンタクロースは、
これからつかの間の休息を愛しい妻と過ごすのだろう。

お土産話のひとつに、私たちがなれたらいいな。

部屋に戻って向かい合わせにソファに座った。ひとつの出会いと別れをまた経験したせいか、脱力感があった。

「北海道は雪なのね」

健太が曇った窓をタオルで拭いた。

「もう乗ってくる人はいないの？」

「北海道内の移動でこの列車を使う人はいないわ。深夜特急だから乗車券と寝台券が必要でしょう？　朝から寝台券を払うのはねぇ」

「健太は寝てないの？」

「もちろん。あんたたちの寝息の合唱の中、ひとり寂しくお酒を飲んでたの」

確かにビールの空き缶が増えている。

「なんか不思議」

戻ってくる途中に買ったコーヒーに口をつけながら私は言った。健太は「なにが?」と言葉にはせず視線を向けてくる。

「この列車で出会った人たち、みんなそれぞれに悩みを抱えていたよね。それを聞かせてもらえて、私のも聞いてもらえて。そういう経験ってあんまりなかったから」

博子に心春、そして孝雄さん。それぞれがこの列車になにかしらの想いを背負って乗車した。降りるときは少しでも晴れやかになっていたとしても、その悩みは消して無くなったわけではない。なにかあるたびに、彼らはまた悩み、そして苦しむのだろう。

「別に不思議なことなんてないじゃない」

きょとんとした顔で健太が返す。さすがにもうビールではなく、私と同じくコーヒーを手に持ってる。

「琴葉は初めての深夜特急だから知らないでしょうけど、ドリーム号は長い緯度を越える旅。誰だって素直になるし、背負った荷物の重さを確かめたくなるのよ」

「そういうものなのかな」

「一期一会、されど次にいつ会えるかは分からない。だからこそ、片意地張らずに話せるんじゃない？」

　まただ。健太の表情が曇ったのを私は見逃さなかった。昨日から何度か感じていた違和感を口にするなら、今しかない気がした。

　隣の席へ移動すると、健太は「ちょ」と上半身だけ逃げる。

「急に近寄らないでよ。あたし、女に興味ないいんだからね」

「聞いてほしいの」

　思ったより低いトーンになってしまった。咳ばらいをし、健太を見る。

「今の私の気持ち。乗車した時とは違う気がする。一緒の部屋になったみんなの悩みを聞いていて、霧が晴れたような気持ちなの」

　衝動的なこの旅も十二時間が過ぎ、様々な人との関わりの中、視界がよくなってきてる。気がする、じゃなく確信していた。

「なんなのよ急に。でもまあ、聞いてあげるから話しなさいよ」

　そっぽを向く健太の顔を両手で強引にこちらに向けた。

「きゃあ、やめてよ！　驚くじゃないの」

「健太も話して」

「は？」

体をのけ反らせながら私を見る目は、少し怯えているようにも見える。

「私が話したら健太も全部話して」

「話してるじゃないの」

「嘘」

じっとその目を見つめる。初めは睨まれていたけれど、ため息とともに健太は視線を逸らした。

「話すことなんかないわよ」

「自分の気持ちに正直になれ、って。誰もその答えを批判しない、って言ってたでしょ？　それなのに健太は自分に嘘をつくの？」

「安い歌の歌詞みたいなこと言わないでよ。あー、うるさいうるさい！」

健太は窓のほうへ体ごと向けてしまった。

「あんたが話すのは止めないわよ。勝手に話せばいいじゃない。だけど、あたしは言うことなんてひとつもないんだから」

背中で拒否を示す健太。しばらく無言の時間が流れた。

窓の外には、はらはらと舞う雪が躍っている。広がる農園は白く染まり、その向こう側に青空も見えていた。

「私ね……」そう言って健太の反応を待つ。

健太はまるで聞こえてないフリをしているけれど、思いを口にしたかった。きっと、私の答えはもう決まっているんだ。

「博子や心春、それに孝雄の悩みを聞いていて思ったの。『私の悩みなんてそんなに大きなものじゃないんだ』って。もちろん本気で悩んでいるよ。でも、悩みの核っていうか中心部が見えなくて、モヤモヤしてるだけだったと思う」

無言の健太。顔を覗き込むと、目を閉じてしまっている。

「海斗との距離が離れてしまってから、私は不安ばかりだった。どんなに想っても全部は伝わらなくって、電話をしてもメールを送っても、『このあと自分が不安にならないように』って、そればかり考えていた。きっと本音を伝えるのが怖かったの」

海斗との距離を感じていたのは、私のほうだったかもしれない。本音でぶつかることで壊れてしまうのが怖かったんだ。

室内を見渡す。さっきまでいた人たちもおらず、私と健太だけを最終目的地へ運んでいく。

「この深夜特急に乗ったのも、今思えば『自分を安心させたい』って、それだけだったのかもしれない。海斗の気持ちがどうこうじゃなく、自分を助けたかっただけなのかも」

自然にため息が漏れた。話すことで、どんどん気持ちが落ち着いてくる。みんなそうだったんだね。吐き出すことで生まれ変わるために、話をしてくれたんだ。

私も生まれ変わりたい。心の底から湧き上がる思いに、もう自分で蓋をするのはやめよう。

「恋が死んでいくのを見ているみたいだった。海斗のせいじゃない。私が正面から受け止めなかったから。できることはあったはずなのに、見ないフリばかりしていた。たぶん、恋の終わりを海斗のせいにしたかったんだと思う。でも、みんなの悩みを聞いていて感じたの。私は、海斗が好きな自分を守りたかっただけだ、って」

微動だにしない健太がありがたかった。今はただ最後まで気持ちを言葉にしたい。

「本当の海斗を理解することを放棄したのかもしれない。彼を理解しようとせず、自分の世界に浸っていただけなんだよ。でもやっと分かったの。みんなのおかげで、私も変わりたいって思えたの」

この深夜特急に乗ったことで、絡まった悩みの糸が解かれていくよう。私もみんなと同じように、きっと生まれ変われるはず。ホームに降りた人たちは、それぞれの現実に立ち向かっていくんだ。これが、この深夜特急『ドリーム』が持つチカラなのかも。

だとしたら、私の答えは――。

「海斗には会わない」

口にすると同時に体中から緊張が取れたような気がした。そうだ、この決心をつけたかったんだ。

「え⁉」

健太がびっくりした顔で振り向いてから、

「あ……」

と、窓のほうへ向き直る。思わず振り返ってしまったらしい。

「海斗には会わない。そう決めたの」

くり返すことで決心がさらに固まるようだ。ずっと、この答えを自分で出したかった。

健太はしばらくモゾモゾとなにか口ごもっていたが、顔だけをこっちに向けた。

「……なんでよ？」

「海斗が私をどう想っているかは問題じゃない、って分かったから。私自身の気持ちが大事だってことを、この旅が教えてくれた。ううん、博子や心春、孝雄、そして健太が教えてくれたんだよ」

ゆっくりと体をこちらに向けると、健太はグイッとコーヒーを飲み干した。聞こえるようにため息をついてから、彼は呆れた目を向けてきた。

「会わなくてこれからどうするのよ」

「分からない」

「ぶ。じゃあこの旅はなんだったのよ。会わずに帰ったら、これまでと同じじゃないの。ウジウジ悩んで『やっぱり会っておけばよかった』って嘆くのがオチよ」

両手を広げて女優のように嘆く健太に、自然に笑顔がこぼれてしまう。なんだかんだ言って、健太が心配してくれていることが分かったから。ありがとう、健太のおかげだよ。

「海斗はショッピングモールで働いているんだって。遠くからひと目見て、それから神戸に帰る。それが、私のこの旅の答えなの」

私は、神戸の街でこれからの人生を探検していこう。どんな道が続いているのかは分からないけれど、魔法が解ければなにかが見えるだろう。

「遠くから見るだけなんて、まさしくストーカーね」

　憎まれ口を叩く健太は呆れた顔をしている。

「噂の元カノの正体を確かめてたり、海斗の反応を見てから決めればいいでしょうに」

「帰りの切符は金曜日の昼なの。今日が水曜日だから二日間しかないもの」

「でもさあ――」

「この恋は、いつの間にか形が変わっていたみたい。後は彼の顔を遠くから見たら、答えが間違ってないって確信できるはず」

「別れるってこと？」

　気弱な声が健太らしくないと感じた。

「それは分からないけど、自分の選んだ道を正しい道にしてみせるから」

　健太は口を開いたまま私を見ていたが、やがてフッと笑いをこぼした。

「琴葉の悩みも解決したってわけね」

「ほら、それ」

「え？」

「また寂しそうな顔をしている。健太の悩みは解決してないのでしょう？　短い付き合いだけど、分かっちゃうんだよね」

まっすぐにその顔を指さす。

「ちょっと、指ささないでよ」

「健太だって人のことすぐに指さすくせに」

「なによ」

「なによ」

お互いに挑むように顔を見合わせる。

一秒。

二秒。

三秒。

先に笑い声をあげたのは健太だった。

「もう笑わさないでよ。アハハハ」

「それはこっちのセリフですー」

そう言いながら私も笑う。しばし笑い声が空間を満たした。ようやく笑い声が治まってきた頃、健太は顔をバッと両手で押さえた。

「……う。うう」

いつの間にか、それは泣き声に変わっていた。

「え……どうしたのよ？」

「うう……。うぐっ」

「お腹痛いの？」

背中をさする私の手を振り払うと、キッと睨んでくる。

「違うわよ。泣いているの。それくらい察しなさいよ」

その瞳には大粒の涙がたまっている。

「やっぱり、健太も悩んでいるんだね」

質問というより、ひとり言のように落ちた言葉だった。健太は答えず、ポケットから花柄のハンカチを出すと両目に当てている。やがて鳴き声は嗚咽に変わり、声をあげて健太は泣いた。

「あ、あたし。自分のことで泣きはじめると止まらないの……よ」

黙って健太の肩を抱いた。苦しくてもどうしようもないんだよね。恋は自分の力じゃどうしようもなく、人を幸せにしたり孤独にしたりするから。

ひとしきり泣いた後、健太は『洗面所に行く』と言って、部屋から出て行ってしまった。

列車は八雲（やくも）という駅で停まっていた。間もなく九時になろうとしている。雪は激しさを増し、無数に窓に当たってはすぐに溶けてゆく。スノウダンスが健太の涙のように思え、この雪が早く止めばいいのにと思った。

もしも恋を知らなければ、人はどうなるのだろう。恋をするから切なくて悲しくて、それ以上に幸せで……。晴天に戻っても、心はまた雪を見たいと願うのだろうか。

どれくらいたったか、いい加減心配になった頃にバタンとドアが開き、不機嫌な顔で健太が戻って来た。

「お帰り」

声をかけると、さっきまで座っていた場所に健太はドカッと座った。買ってきたのだろう、カップに入ったコーヒーを差し出される。

「サンキュ」

両手で包むと温かい。湯気が宙に舞い、良い香りが私を包んだ。列車が動き出す。雪はまだ止まず、窓に当たっては水滴に変わりゆく。

「彼とね」

健太が唐突に口を開いた。聞いたことのない低い声の健太は、本当の気持ちを話そうとしている。

「知り合ってから、しばらくは楽しかった。彼はバーを経営しているから、なかなか休みもなくってね。だからあたしがこうして会いに行くしかないわけ。でも、それでも良かったのよ」

「うん」

「彼はやさしいし、私が来ると両手を広げて迎えてくれた。探し求めていた相手が彼だったって、愛がたどりつく場所がここだったんだって本気で思ったのよ」

「うん」

同じ相槌をくり返す。さっき健太が黙って気持ちを吐露させてくれたように、今はただ話を聞こう。

「初めのうちは早く会いたくて飛行機で札幌に行ってたの。でも、琴葉と同じでだんだん不安が募っていった。こんなに好きなのに、好きだけじゃだめなんだって思うようになった。悪い方向へ考えていると、何気ない態度や言葉までも、疑い出しちゃったの」

肩で大きく息をつき、健太はあごを上げた。涙がまたこぼれそうに光っている。

「夜はマンションにいるように言われ、バーに行かせてもらえなくなった。帰ってからも『疲れてる』って言って、すぐに寝ちゃったり……。でも、それを認めるのは怖かったの」

健太の悲しさがそのまま乗り移ったような気がして胸が苦しい。

「結局、琴葉とおんなじで見ないフリをしてきたのよね。気がついたらこの深夜特急を使うようになってた。ここで色んな人と恋愛の話をするたびに、人にはアドバイスできるのに、自分のことは言えなかった。話してしまうと、悲しい予感が現実に変わっちゃうような気がしてたの」

湊をすすったあと、健太は「うう」と小声でうなった。

「なにか言ってよ。もうこれ以上あたし、しゃべれ、ないから……」

涙をこぼした健太の膝に右手を置いた。何故か分からないけど、そうしたかった。

「十回以上、札幌に行ってるんだよね。なにか変化はあった?」

大きく健太は首を振ると、湊をすすった。

「ダメ、自分のことになるとダメね。みんなに話す勇気もなければ、彼に気持ちを確かめる勇気もない。ほんと、どうしようもない。張りぼての防具で身を守っている気分なのよ。『つらい』ばかりがレベルアップしてるみたい」

自嘲気味に笑った健太が私を見て短く悲鳴をあげたからびっくりする。

「ちょっと、なんで琴葉も泣くのよ」

言われて気がつく。いつの間にか私も涙をこぼしていた。

「だって、健太の気持ちが分かるから」

「琴葉……」

「いつの間に、こんな風になったんだろうって……そればっかり考えている。いつもいつでも想っているのに、海斗は私を想ってはくれない。だけど認めるのが怖い。健太も同じだったんだね」

ぼろぼろと涙がこぼれる。私の右腕に自分の腕を絡めた健太が、肩に頭を乗せた。

「そんなの愛じゃない、って思うのに逃げられない。たかが恋や愛に、あたしたちって振り回されているのよね」

「私は話していて、少し整理ができたの。健太はどう？　今、どんな気持ち？」

肩に健太の体温を感じる。恋に泣いているふたりが同じ列車に乗ったことに、きっと意味はあると思った。

「……そうね。少しスッキリはしたかな」

「この列車にはそういうチカラがあるんだね。きっと話しているうちになにか見えてくるから」

健太は眉をひそめて、

「なによ、チカラって」

と訝しそうに言った。

「孝雄が言ってたじゃない。『夢が叶う』って。信じてるわけじゃないけど、この列車にはなにか自分と向き合うチカラがあるような気がするの」

「……あほらし」

肩から頭を離すと、健太はハンカチで鼻をかんだ。豪快で男らしいかみ方だった。

「いいから。ほら、話して」

ハンカチをポケットに入れたあと、健太は首をかしげた。

「たぶん、私をバーで『恋人だ』って紹介したくないんだろうね。男女の恋愛と違って、私たちの世界の恋愛はゴールがないでしょ？　長く続くのは難しいのよ」

すぐに健太はアハハと声にして笑う。

「バカみたい。何回も札幌まで行っちゃって。彼の気持ちはとっくに冷めているのに、なにやってんだろうね、あたし」

私は黙って健太を見つめた。

「そのくせ、みんなにはエラそうに恋愛観まで説いちゃってさ……。あたしが一番恋愛が下手なのに」

「健太」

「ん？」

　私は健太の膝に置いた手をそのまま上下してパンパンと打った。

「男なら当たって砕けろ、よ」

「は？　なに言ってんのよ」

「だから、ちゃんと向き合ってみなよ。彼に自分の気持ちを伝えて、それで答えを出せばいいじゃない」

　そう言って笑ってみせた。

「琴葉は会わずに帰るんでしょう？　自分のと言ってることが違うじゃないのよ」

「私は答えが出てるもん。当たって砕けなくても、自分がどうしたいか分かってる。でも、健太は違うじゃん。ちゃんと彼の気持ち確かめなよ」

「いやよ。なんであたしだけ砕けなくちゃいけないのよ。あたしはいつも通り彼に会うんだから。余計なことは言わない。案外、今回はすっごくラブラブかもしれないし」

　また強気の健太がムクムクと顔を出したようだ。すっかり涙も消えている。

「それじゃあ逃げてるだけじゃん。逃げずに向き合わなきゃ」

「だから、その歌詞っぽいの止めてよ。あたしは大丈夫。平気なんだから。琴葉こそ向き合いなさいよ」

「私は大丈夫だもん」

「あんたってなんて頑固なのよ」

「それはお互い様でしょ」

最後はもうお互いに笑っていた。同じような男性を好きになって、同じように傷ついて苦しんでいる。

私たちは似た者同士だ。

「ほら、もうすぐ苫小牧（とまこまい）駅よ。札幌まであと一時間ちょっとで着くわよ。もうこんな湿っぽい話は終わり。最後は楽しい話をしましょうよ」

問題をうやむやにしようとするところまで、そっくりなふたり。

やっと健太のことを近くに感じられたのに、もうすぐ旅は終わりを告げる。

苫小牧を過ぎると、車掌が部屋の鍵を回収にやって来た。私たちはたわいのない話をしながら荷物をまとめる。

外は相変わらずの雪。むしろ吹雪っぽい。博子と心春から『無事ついて今まで寝てた』と、メールが届いた。それを確認してから、私たちはどちらともなく連絡先を交換した。

　やがて来る旅の終わりが、私たちを無口にする。

　カバンを開けて上着を取り出していると、旅行会社でもらった封筒が二つに折れて出て来た。昨日の昼間にはまさか今日この列車に乗っているなんて想像もしていなかった。でも、自分の選択が間違っていたとは思えない。健太も同じだといいのだけれど。

「健太、あのね――」

「見て見て、これ似合うでしょう?」

　派手なレインボーカラーのマフラーを巻き、モデルのようなポーズを取っている。指先までピンと伸びていて様になっている。

「似合うよ。それより、もし……さ。もしもだよ?　彼と向き合ったら――」

「ストップ。その話はナシって決めたでしょう」

　モデル立ちを止めた健太が不機嫌を顔に貼りつける。

「お願い、最後まで聞いてよ」

「ダメダメ。終わりだったら。琴葉、しつこい！」

そう言いながら指さしてくる人差し指を私は握った。

「金曜日の十二時」

大きな声でそう言った。

「その時間が帰りの『ドリーム』の出発時間なの」

「……ふうん」

指を引っ込めながら健太は興味なさげに言った。

「十一時半まで待ってるから」

「意味分かんないし」

「駅の改札で待ってるから。もしも向き合って、それでうまくいったならいいよ。でも、万が一の時は一緒に帰ろう」

ぽかんと健太が私を見つめた。

「一緒に帰ろう」

もう一度私は言った。

「笑えない」

そう言うと健太は唇を尖らせて顔をそむけた。その顔は怒っているようだった。仕方ない。まるで応援してないかのような言葉になってしまったし。

電子音が鳴り、アナウンスが入る。

「長らくのご乗車ありがとうございました。間もなく終点札幌に到着致します。本日は深夜特急『ドリーム』へのご乗車ありがとうございました。皆様の願いが叶いますよう、お祈り申し上げます。お降りの際は、くれぐれもお忘れ物の――」

「あたしはね！」

アナウンスを遮るように健太が大きな声を出した。

「あたしは今幸せなの。悩んではいるわよ。でも、勘違いかもしれない。彼は冷めたなら自分で言ってくれるんだから。フラれたら、なんて縁起でもないこと言わないでよね」

そう言い捨てると、健太は荷物を背負って大股で部屋から出てゆく。大きな音でバタンと扉が閉められた。

「そうだよね。ごめん……」

そう言っても、もう部屋には誰もいない。

健太を追いかけ降車口まで行くと、列車はどんどんスピードを落として駅に進入してゆくところだった。

ようやく追いつき、

「健太、ごめんね」

と、背中越しに言う。

健太は首をブンブンを振った。うつむいて涙をこらえているのか、肩が震えている。私が傷つけたんだ。自分の語彙力のなさを呪いながら、何度も謝った。

「あんなこと言うつもりじゃなかったの。ただ、健太のことが心配だったの。本当にごめんなさい」

「あたしこそ、ごめん。なんだか札幌に着くせいでナーバスになっているのかもね」

「健太に会えて良かった。これは本当だよ。色々ありがとう。健太がいなかったら、私、どうなってたか分からない」

心から言った。健太は大きく息をつくと、そのまま両手を広げて私を抱きしめた。

「琴葉。あたしこそありがとう。そして、ごめんね」

停車した列車のドアが開く。新しい空気が、私たちを現実の世界へ導く。

私たちの旅が今、終わりを告げた。

第八章　北緯四十三度　私が還る場所

「じゃあ、あたし地下鉄に乗るから」

改札を抜けると感傷に浸る間もなく健太は右へ歩き出そうとする。

「あ、うん。あの……」

あまりにもあっさりしたお別れに戸惑っていると、数歩進んで健太は立ち止まった。肩で大きく息を吐いてから、ふり返る。

「あたし、今にも泣きそうなんだから、ここで終わり。いいよね？」

「うん、分かった」

「お互い、がんばろう。じゃあ、またね」

最後は無理やり作った笑顔が心に残った。すぐに人波に紛れるうしろ姿。しばらくはそれを見ていたが、やがて私も歩き出す。

駅の構内を進むとそのまま地下街へと下りた。ここにもたくさんの人が行き交っている。地下街は、以前とは随分変わり、多種多様な小型店がたくさん入っていた。スイーツのお店も多く、甘い匂いがしている。

歩きながらもなんだかまだ車内にいるような気分が抜けなかった。耳を澄ませば、列車がレールを走る音が聞こえてきそう。

長い時間をかけ、札幌に来た。なつかしい場所のはずなのに、感傷に浸る間もなく、出口の階段を上りホテルへ向かう。実家に顔を出すことも考えたけれど、今は恋に向き合いたかった。

さっきよりはマシになっている雪の中、白い息が宙に浮かび、消えていく。どこかに海斗がいそうな気がした。

でも、今は会いたくはない。そんな気持ちになっている自分に驚く。オフィス街の一角にある小型のホテルにチェックインした。部屋に着くと、荷物を解くのももどかしくベッドに潜る。

心地よい気だるさに包まれ、健太のことを考えた。そして、博子や心春に孝雄さん、みんなの幸せを願った。

夜は近くのラーメン屋で済ませ、部屋に戻ると再び眠る。よほど疲れていたのか、翌朝までぐっすり眠ることができた。寝ても寝ても眠くて、ぼわっとした頭で、まだ魔法は解けないのか、と考えたりもした。

木曜日も雪だった。昨日よりも積もっていて、窓からの景色はなつかしい故郷のイメージそのもの。シャワーを浴びて用意をすると、大通りへ出た。凍てつくような寒さは、体の内側から襲ってくるみたい。タクシーを捕まえ乗り込んだ。ショッピングモールの名前を告げてもまだ、海斗の住む街に来た実感はなかった。

「今日は大雪だそうです」

人の好さそうな初老の運転手とバックミラー越しに目が合う。

「昨日から降り続いていますね」

「今年は雪が多い年でね。転ぶ人も多いから観光には気をつけてくださいよ」

にこやかにほほ笑む運転手に、

「私、実家が札幌なんですよ」

と伝えた。運転手が「おお」と顔をこっちに向けた。

「今日は帰省ですか?」

「そんなところです。ちょっと用事があって来ました。ずいぶん街中の雰囲気が変わりましたね」

「長い間工事をしていましたから。渋滞が緩和されるといいのですが、なかなか厳しいですね」

饒舌になっているのは緊張のせいじゃなかった。不思議とリラックスしているし、たくさん寝たせいか心が元気になっているのが分かる。

窓の外に流れる景色がやさしく瞳に映っている。降りしきる雪さえも愛おしく感じる。すべては気持ち次第なのかもしれない。

ショッピングモールの入り口で停めてもらい、タクシーから降り立った。入り口の案内板で、海斗の働く店を探す。彼は大手紳士服の店に就職していた。なぜアクセサリーショップじゃないのか、と言ってしまったことも今ではなつかしい思い出だ。

「間もなく三階紳士服売り場です」

機械音声に我に返る。ぼんやりとエレベーターに乗っていたらしい。降りると、開店直後だからか客の姿はまばらだった。

吹き抜けの向こう側に海斗の働く店が見えた。今降りたエレベーターに再び乗り、ひとつ上の階へ移動した。

目の前にあるソファに座ると、手すりの合間から海斗の店が斜め下の正面に見えた。気の早い『春の礼服フェア』のポスターがでかでかと入口に貼られていて、スタッフの姿は見えない。

長い旅を経て、久しぶりに海斗との距離が縮まっている。不思議なほど、心は穏やかだ。神戸を出発した頃には想像もつかなかっただろう。

カバンの中でスマホが震えた。画面に『博子』の名前が表示されている。

『もしもし、琴葉？』

一昨日以来に聞くその声が、もうすでになつかしくて恋しい。

「博子、電話ありがとう」

『今はもう札幌ですよね？』

「うん。博子はまだ青森なの？」

『実は今、心春のお宅にいるんです。昨日の夕方に、青森空港から飛行機に乗って来たんです。へへ、一泊させてもらいました』

「そうだったんだ。心春の家族はどうだった？」

『お父さんもお母さんも泣いておられました。心春はそれ以上に泣いていました』

うしろで『泣いてないもん！』と叫んでいる心春の声がして笑った。

「でも、よかったね。すごく安心した」

『青森のおばあちゃんの家と心春の実家に泊まるなんて、心春家を渡り歩いてるみたいです』

クスクス笑う博子。随分明るくなったな、とうれしくなる。

「今日、博子は家に帰るわけね？」

「あ、まぁ……。はい」

歯切れ悪い返事が返って来た。

「帰らないの？　え、どうして？」

また悪いほうへ考え直したのかと心配していると、

『おっす、琴葉』

スマホ越しの声が心春に変わった。

「あ、心春。良かったね、ほんと良かった」

そう言う私の声を遮って、『聞いて聞いて』と、心春は興奮している。

『ここで問題でーす。今、ここに誰がいるでしょうか？』

クイズの司会者よろしく問題を出してきた。『そんなの言わなくていいから』みたいなことをうしろで博子が言っている。

『3・2・1、ブブーッ。正解は、まーくんでしたー。ね、まーくん』

「えええ。まーくんが？　なんで？」

驚いて声を出して聞き返していると、また相手が博子に変わった。

『すみません。あの、主人が迎えに来てくれたんです』

「え、すごい！」

想像もしていなかった答えに思わず大きな声をあげてしまった。幸い、周りには誰の姿もない。スマホを片手で覆いながらも、心臓がドキドキしている。

『私はひとりで帰れるって言ったんですけどね。もう半ば無理やりですよ。仕事だって休んだみたいですし』

言葉とは裏腹に、その声は幸せそう。

「博子、良かったね」

そう言うと、博子も『はい』と力強く言った。それだけで、全部伝わる。

「健太には電話したの？」

『しましたが、留守電だったのでメッセージを入れておきました」

今頃健太はなにをしているのだろう。あの列車に乗った人たちが、今それぞれの人生を歩んでいるなんて、当たり前のことなのに不思議な気分。

『琴葉のほうはどうですか？　もう彼氏さんに会いましたか？』

「ううん。まだだよ」

『そう。あの、どう言えばいいのか分からないのですが……』

「大丈夫」今度は私が力強く答えた。

「全部大丈夫。みんなのおかげで道が見えたから」

私が今ここにいるのも、ちゃんと答えが出せたのも、みんなのおかげだ。

それからたわいもない話をしてから、いつ叶うか分からない再会を約束して私たちは電話を終えた。スマホをバッグにしまい、顔を上げる。

吹き抜けを挟んだひとつ下の階に、

「海斗……」

彼の姿が見えた。

海斗はこちらには気づかず、同僚と思わしき男性と談笑しながら商品のワイシャツをたたみ直している。久しぶりに見るその顔。遠くて見えづらいはずなのに、どんな表情をしているのか分かるよ。

少し痩せた海斗は口の端に笑みを浮かべつつ、きびきびと動いている。大好きだった顔も、その笑みも、長い腕も、あんなに会いたかった想いも、苦しかった気持ちも、なにもかも現実のようで夢のよう。

「海斗」

小さくつぶやいてみる。軽快な館内音楽に消えるこの声は、海斗には届かない。

きっと、海斗が札幌に戻る前に届かなくなっていた、と今なら分かる。私はそれを認めたくなくて困らせていたんだね。

「私ね、札幌まで来ちゃった。バカだよね」

海斗はここまで聞こえそうなくらい大きな口を開けて同僚と笑っている。あなたが笑えば、私も笑う。幸せな日々は確かにあったけれど、もうここにはないんだ。

「私たちを隔てていたものは、距離じゃなかったんだよね。それをね、博子や心春や孝雄、そして健太に教えてもらったんだよ」

嵐が来ることに怯えていた日々は遠い。今は青い海にぷかりと浮かんでいる気分だ。じんわりとお腹が熱くなり、あの深夜特急に想いを馳せる。

星空をかき分けるように列車は私をこの地へ運んだ。恋を終わらせるためじゃない。新しい毎日のその先へ進むために、ここまで来たんだ。

同僚になにかを言われて親指を立てた海斗が店を出た。そのまま吹き抜けにあるエスカレーターに乗って降りてゆく。

立ち上がり、手すりにもたれたままスマホを取り出した。

『会えば分かる』と、健太は言った。でも、会う前から答えは出ていた。そして今、確信に変わった。

ワンタッチダイヤルから海斗の番号を表示させると、通話ボタンを押し耳に当てる。館内のBGMがすっと遠ざかった気がした。

海斗はエスカレーターを降りたあと、コーヒーショップの入り口でメニューを見ている。海斗が胸ポケットからスマホを取り出し画面を見る。

そして、耳に当てた。

『どうした?』

こんなに近くにいるのにその声は神戸で話しているのと同じくらい遠い。そう、距離じゃないんだ。

「海斗」

私は彼の名前を呼ぶ。この世で一番愛したその名前。

『今、仕事中だから』

そう言いながら海斗はまだメニューを見ている。指でひとつずつ確認しながらメニューを追う。まさかふたつ上の階で私が見ているなんて思いもしないだろうな。

『琴葉?』

長い沈黙に海斗がそう私の名を呼んだ。あなたを、愛している、愛していた。

――大丈夫。心が出した答えを、今言葉にする。

「海斗。私たち、別れよう」

そう言った瞬間、体からなにかがするりと抜けた気がした。解放されたような安堵感が私を包んでいる。

海斗の動きが止まり、中腰だった姿勢をゆっくり体を起こす。

『ひょっとして酔っぱらってんの？』

メニューから離れ、海斗は手すりにもたれた。

「ううん。なんで？」

『いや、なんでって……。それ、マジで言ってんのか？』

「うん」

絶句したかのように息を吸ったあと、海斗は頭に手をやった。困った時に彼がするクセだ。

「海斗、二年間ありがとう。これからも私は神戸で住んでいようと思うの。だから、これでお別れにしましょう」

『……あれか？』

ため息交じりに海斗が言った。

『一緒に見る約束をしたホワイトイルミネーションのことを忘れていたからか？』

その言葉に思わず笑ってしまう。私は彼のそういうところも大好きだった。

「ホワイトイルミネーションじゃなくて、プロジェクションマッピングね」

『……ああ、そうだった』

「それが原因じゃない。ただ、終わりにしようって決めたの」

『……マジかよ』

　頭を右手でかきながら海斗はつぶやくように言う。

「うん、マジ」

『なにかあったのか？』

　なにかあった。そう、あったのだ。私はずっとふたりの未来予想図にしがみついていた。それを叶えるために必死だった。

「そうかもしれない」

『ひょっとして、好きな人ができたのか？』

「まさか」

　思わず笑ってしまった。

『じゃあ、どうして？』

　声が心地いい。話しかたがいつもより丸く感じた。最後だから美化しているのか、私の感情が冷静になったからなのか。違う……ちゃんと海斗と向き合っているからなんだ。今さら、過去を振り返ってもどうしようもないけれど、もう少し早く私が気づいていたなら、なにか変わったのかな……。

「この数日でね、色んなことが起きて色んな人に会った。そして、分かったの。私たちは別れたほうがいいってことを。今までたくさん困らせたよね。本当にごめんなさい」

私が海斗を追い詰めたのかもしれない。海斗が私から逃げたかったのかもしれない。

『琴葉、本当にこんな……。夜にまた話そうか』

「大丈夫。海斗、これで最後にしよう」

海斗がどんな返事をするかで、私の出した答えが正しいかどうかが分かる。どうか、うなずいてほしい。

短い間を置いて、海斗は言う。

『分かった』

恋が終わりと知ると同時に、長い想いが逝くのを見た。こんなにやさしい気持ちになれる恋の終わりもあるんだね。

『どうしちゃったんだよ。なんかいつものお前と違う』

「大切な友達ができてね……って、意味が分からないよね」

『でも、こんな終わりかたなんて寂しいなぁ』

彼はいつもケンカのあととかにこういう甘い声を出していた。鼻腔がくすぐったい気持ちを振り払う。もう十分だ。

「仕事中じゃないの？　もう切るね」

『え？　あ、ああ。またな』

私たちに『また』はない。うしろ姿の海斗に私は手を振る。

「ありがとう、海斗。さようなら」

海斗がスマホに向かってしゃべろうとしているのが見えたけれど、通話を切りスマホをカバンに入れた。

さよならを待っているような恋は、もう消えた。エレベーターで下の階に降りる。

出口に向かって一歩ずつ進む。大丈夫、ちゃんと自分の足で歩けている。館内のBGMは私の新しい旅を応援してくれているみたい。

――その時だった。

「琴葉！」

足音と同時に海斗の声がした。振り返ると海斗が信じられないような顔をして立っていた。エスカレーターを駆け下りてきたのだろう、息が上がっている。

「え……。なんで分かったの？」

「分かるよ。いつもと違うことくらい分かるよ！」

人目もはばからず海斗は叫ぶように言う。観光客が何事かと目を丸くして通り過ぎていく。

「まさかと思ったけどそんな気がして走って……。くそ、苦しい」

あえぐように荒い息をくり返してから、

「札幌に……来たのか」

自分を納得させるように海斗はつぶやいた。私の口調で気づいてくれたなんてうれしい。そう、海斗はやさしい人なんだ。

「なんで、だよ」

「ごめんなさい。連絡をしようと――」

「違う。なんで会わずに別れられるんだよ！　そんな関係じゃないだろ。俺は、俺たちは……」

近づこうとする海斗に右手をパーの形で開いた。魔法にかかったように右足を前にした姿勢で海斗は止まる。

「深夜特急に乗ったの」

「なに？　深夜……え？」

「神戸とこの街をつなぐ列車なの。すごく不思議な列車だった。そこで会った人たちから、たくさんのことを学ばせてもらったんだよ」

不思議そうな顔で海斗は私の次の言葉を待っている。こんな穏やかな気持ちで海斗に会える日が来るなんて想像したこともなかった。

「今までありがとう。そしてごめんなさい」

「なんだよ。全然分かんねえよ」

髪をくしゃくしゃとかきむしる姿に笑みが浮かんでしまう。

「海斗の言う通りだね。ちゃんと会って言えばよかったよね」

「……ああ。でも、本当にこれで終わりなのか？」

すねた顔、上目遣い、頬をかくクセ。全部好きだった。そうだよ、これが私たちのラストシーンなんだね。

「最後に気づいてくれてうれしかった。それだけで、ここまで来てよかったって思えた。本当にありがとう」

眉をひそめた海斗が、天井に顔を向ける。少しの時間を置いてから海斗は私に視線を戻した。

「別れるってのは本気なんだ？」

うなずく時、たしかに胸はまだ少し痛んだ。でも、これからの毎日がきっと癒してくれる。そう思えた。目の前に海斗はまだいるのに、健太や博子たちの顔が浮かんでは消えていく。

「海斗、私たちそれぞれに幸せになろう。だから最後に言って。『さよなら』って」

しばらく迷うように辺りを見渡してから、あきらめたように海斗の口が開く。

「さよなら」

「さようなら」

歩き出す私に、海斗はもう声をかけなかった。それでいい。そのままでいいんだよ。

線路が分かれるように、ここからはお互いの幸せに向かって進んで行く。悩んだことが無駄だったなんて思わない。出逢わなければよかったとも思わない。

これまでの日々が、想像を超える明日へとつながっていくと、私はもう知っている。

自動ドアを抜けると、いつの間にか雪は止んでいた。冷たい風の向こうに、わずかな青色の空が見えている。

歩き出せば、止まっていた時間たちが流れ出すのを感じた。サラサラと、キラキラと。

エピローグ

駅へ向かう道は渋滞していた。

「すみませんねぇ」

自分が悪いわけでもないのに、タクシーの運転手がそう謝った。

「いえ、私こそ近い距離なのにすみません」

結局昨日は夕方から寝てしまい、朝まで爆睡してしまった。札幌はほとんど寝て終わったってことか……。

昨日の昼間から札幌は晴れ渡っている。午前の日差しはやがて来る春を告げているようだ。

「観光ですか？」

昨日乗ったタクシーでの会話がくり返されているみたい。

「はい」と答える私に運転手は、ウインドウ越しの空を見やった。

「雪は大丈夫でしたか？」

「ええ。昨日は良い天気でしたし」

「もしも雪なら大変ですからね」

運転手は笑うと、

「もうすぐ札幌にも春がやって来ますよ」

と、言った。それがあまりにもうれしそうな言いかただったので、思わず笑みがこぼれた。

「待ち遠しいですね」

「ええ。札幌の春は過ごしやすいですからね」

札幌に来て良かった、と改めて思った。あの衝動的な旅が、こんなにも自分を変えてくれるなんて思いもしなかった。

私はこれからも神戸で生きていこうと思う。それは海斗との関係が終わったことが原因ではなく、自分自身がそうしたいから。

駅につくと、お礼を言って降りる。札幌駅は相変わらずの人ごみで混雑していた。旅行客やビジネスマンがせわしなく行き交っている。

また、あの列車で出会った人たちを思う。旅で感じたことすべてが、キラキラと宝物のように光っている。

健太が言ってた。『それぞれの人生のドラマをみんな生きている』と。誰もが悩みを抱き、そして苦しんで生きている。そして、そこには喜びや幸せもあるのだと今なら分かる。全ては自分自身の気持ちひとつなのかもしれない。

これから乗る帰りの便でも、同じように誰かと話し、思いを分け合うのだろうか?

列車に乗ったら、私の物語を健太たちに伝えよう。電話でもメールでも良い。そして、心からの感謝を伝えたい。

きっと、彼らは同じように暖かく私を受け入れてくれるだろう。

歩く先に、改札口が見えて来た。構内にある大きな時計は十一時十分を指している。

発車まではまだ時間がある。行きと同じようにジュースを二本とお弁当を買う。最初に健太を見た時のいぶかしげな視線を思い出し、思わず笑いが込みあげてきた。あの時は、まさかこんなにも健太に救われるとは思っていなかったな……。

荷物を持ち直して進んでゆく足が自然に止まった。

「ああ……」

言葉とともに、自然にこぼれる笑顔。

改札口の前に、人目をはばかることもなく号泣している人がいる。顔を歪め声を出して感情のまま泣いている。

彼は友達。私の大切な親友だ。

胸が震えるように熱くなる。

「健太」

そう呼びかける私の頬にも、涙が流れていた。

大丈夫だよ、大丈夫。一緒にまた、緯度を越えよう。

解説　「IT'S ALL ABOUT LOVE」

中村航
（小説家）

なんて美しくてロマンチックな小説なんだろう、と思った。

ここでは様々な愛について描かれている。決して美しくてロマンチックなシーンが多いわけではなく、むしろ愛の負の部分にフォーカスがあたり、そこにページが割かれている。なのにどうしてこんなに美しさを感じるのだろう。

実際に小説内で行われているのは、ラストシーンを除けば、偶然同じ夜行列車に乗り合わせた登場人物五人が会話をすることだけだ。だけどその会話を通して、それぞれの抱える深い悩みや迷いが晴れていく様が、とてつもなく美しい。読み手である僕自身の心の靄のようなものさえ、ページをめくるのと一緒に晴れていくような気がする。

北へ向かう深夜特急は、単調な列車の振動とともに、時間をかけて緯度や海を越えていく。夕方から夜、夜から朝と、時間は経過し、やがて天候が移り変わる。出発し到着するのに合わせ、出会いと別れがある。

閉ざされた寝台のスペースは、過去や外の世界からは隔離された密室だ。五人を含んだその不思議で非日常な空間が、行き場のなかった思いを、そこに居合わせなかったら辿り着かなかった場所に運んでくれる。北へ向かう小説で、〝北〟は、〝救い〟に置き換えられていく。緯度を越えて北へ向かうモチーフと、救われていく愛が重なるから、この小説は美しさを獲得しているのだろうと思う。

そして美しさと共にあるのが、愛おしさだ。『北上症候群』の登場人物が、とにかく愛おしくて、読者である僕は、彼らの幸せを願わずにはいられない。

登場人物は、それぞれ悩みを抱えている。その悩みはとっても普遍的なもので、多くの人が共感しながら読めるだろう。誰もが抱えてもおかしくない悩み。それでもやっぱり簡単には解消できない悩み。その器となる五人のキャラクターが等身大で、どこにでもいそうだから、より共感できる。読みながら応援するような気持ちで、どうかうまくいってほしいと願ってしまう。

特に健太！

この健太がいたからこそ、深夜特急は悩みを晴らす装置になりえた。彼のような人と一緒に実際に旅をしてみたい、と夢想してしまうのは、僕だけではないはずだ。

人の悩みに寄り添うばかりで、自分のことはちっとも語らない彼にこそ、幸せになってほしい！　頑張れ、健太！

話は変わるが、いぬじゅんさんの小説には、スターシステムが導入されている。スターシステムという言葉は聞き慣れないかもしれないが、要するに、手塚治虫先生の漫画で、作品をまたいでヒョウタンツギが出てくる、といったようなものだ。僕の小説でも複数の作品で「吉田くん」や「木戸さん」が出てくるけど、それも一種のスターシステムだ。

「健太」はいぬじゅん作品においては重要人物と思われ、複数の作品に登場している。例えば『叶わない恋を叶える方法』でも出てきていた（本作の冒頭に出て来る「中村」にも既視感があるな、と思っていたら、『叶わない恋を叶える方法』に出てくる「中村」の兄弟だった）。

『北上症候群』でも『叶わない恋を叶える方法』でも、健太はもっぱら主人公に悩みを相談される側だ。彼にだって悩みがあるのだろうが、誰もが彼に悩みを相談してしまう。口の悪さも、本質を突くところも、本当は傷つきやすいところも、きっと健太の魔法であり、魅力なのだ。――ちなみに僕は、滅多に他人に悩みを相談しない性質だけど、いぬじゅんさんには相談してしまいます。いぬじゅんさんと健太を重ねるわけではないけど、健太のようなキャラクターを生みだせるいぬじゅんさんは、とっても魅力的で、本当に素敵な人だと思います――。

最後に解説っぽいことを書いておくと、この『北上症候群』は、もともと二〇一四年十一月に公募された「otoCoto presents OtoBon ソングノベルズ大賞～音楽を感じる小説～ DREAMS COME TRUE 編」の受賞作だ。大のドリカム好きのいぬじゅんさんが、「LAT.43°N ～forty-three degrees north latitude～」（北緯43度）という楽曲を元に書きあげた小説だ。

それから七年、当時は書かれなかったエピソードや登場人物を含めて、この小説は一から書き直された（書き残し症候群、という感じだろうか）。

そういった意味で『北上症候群』は、僕ら読者だけではなく、作者にも愛された作品なのだろう。冒頭に出て来る「ＬＯＶＥ３」という会社名もそうだけど、ドリカムの曲名が小説のところどころに散りばめられているので、みなさん、よかったら探してみてください。

（二〇二二年二月吉日）

本作品は、二〇一四年十一月に公募された「otoCoto presents OtoBon ソングノベルズ大賞 ～音楽を感じる小説～ DREAMS COME TRUE 編」にて入選しました。

また、本作品はフィクションです。

実在の個人、団体とは一切関係ありません。（編集部）

実業之日本社文庫 い182

北上症候群（ほくじょうしょうこうぐん）

2022年2月15日　初版第1刷発行

著　者　いぬじゅん

発行者　岩野裕一
発行所　株式会社実業之日本社
〒107-0062　東京都港区南青山5-4-30
emergence aoyama complex 2F
電話［編集］03(6809)0473［販売］03(6809)0495
ホームページ　https://www.j-n.co.jp/
ＤＴＰ　ラッシュ
印刷所　大日本印刷株式会社
製本所　大日本印刷株式会社

フォーマットデザイン　鈴木正道（Suzuki Design）

ISBN978-4-408-55711-3（第二文芸）